LA BÊTE NOIRE

L'AUTEUR

Valerio Marra est diplômé en sciences de l'investigation et de la sécurité de l'université de Pérouse. Il est l'auteur de plusieurs romans et d'un essai, *L'Histoire de Rome en 100 crimes*. *Maîtresse* est son premier roman traduit en France.

Valerio MARRA

MAÎTRESSE

Illustrations de Stefano Pavolini

Traduit de l'italien
par Gabriella Zimmermann

LA BÊTE NOIRE
Robert Laffont

Ce roman est une œuvre de fiction. Les personnages et les situations ont été inventés par l'auteur et ont pour objectif de conférer une dimension véridique à une narration entièrement fictive. Toute ressemblance avec des faits, des événements, des lieux et des personnages existants serait purement fortuite.

Titre original : LA NUOVA MAESTRA

Publié par Piemme
Illustrations de Stefano Pavolini

ISSN 2431-6385
ISBN 978-22212-8048-5
(éd. originale : ISBN 978-88-566-9764-3)
Dépôt légal : juin 2025
Éditions Robert Laffont – 92, avenue de France, 75013 Paris
info@lisez.com

À toi, nonna Liliana

« Qui est-ce dans ce dessin ?
— Il est méchant. Lui, il me tue.
— Mais qu'est-ce que tu dis ? Tu es un enfant…
— Lui, il me tuera. Quand je serai grand. »

Prologue

« *NOTRE PÈRE, QUI ES AUX CIEUX...* »

Je répète ces mots et leur son se mêle à toutes les autres petites voix.

« ... que ton nom soit sanctifié... »

Je cherche du regard mon frère Daniele. Il est assis à quelques mètres de moi ; il a les yeux fermés, il a l'air calme, et cela me tranquillise.

« ... que ton règne vienne... »

Je murmure ces mots et je continue à regarder autour de moi : les visages des autres enfants sont flous. Ce sont des masques de cire qui fondent sous la chaleur d'un soleil invisible.

« ... que ta volonté soit faite... »

La mère supérieure s'arrête et me regarde de ses yeux cerclés d'ombres profondes et surnaturelles.

Peut-être que je prie trop doucement.

« ... que ta volonté soit faite... » dis-je de nouveau en hurlant.

Que ta volonté soit faite !

Les murs commencent à ondoyer, telles des vagues déferlant sous le vent.

Je me retourne, je cherche Daniele, je ne le vois plus.

Où es-tu ?

Je tourne la tête : les lumières vacillent ; les murs dansent, comme en une marche funèbre. Je regarde tout autour : les yeux des autres enfants sont rivés sur moi, vides et sans vie.

Daniele.

Où est mon frère ?

Un bruit sourd résonne, comme un battement au loin. Un coup violent ; la porte s'ouvre en grand et le vent froid éteint les bougies sur le rebord de la fenêtre. Une sombre silhouette se détache à contre-jour, déformée.

Menaçante.

« Madame Martelli ?

— Oui. »

Tout commence à tourner autour de moi. Un maelström de sons et de lumières altérés. Je sens l'odeur âcre de la sueur. Celle de la pluie sur le goudron. Puis le froid vif de l'air conditionné qui me mord la peau. Les voix lointaines sont un écho qui retentit dans mes oreilles. Lorsque le tourbillon s'arrête, je me retrouve debout, au milieu d'une salle blanche. L'air froid agresse mon visage et une odeur de désinfectant m'emplit les narines. Devant moi, un petit lit en métal, avec un drap blanc étendu sur une forme immobile.

« Madame Martelli ? répète encore une fois cette voix ferme, dénuée d'émotions.

— C'est moi. »

Elle soulève le drap, d'un geste rapide.

« Est-ce Daniele Martelli ?

— Oui. »

Elle le laisse retomber.
C'est bien Daniele Martelli.
C'est mon frère.
Que sa volonté soit faite !

1

Lundi 30 octobre

Bip ! Bip ! Bip !

La sonnerie du réveil est un coup de fusil qui lacère le matin, en chassant les cauchemars comme une volée de corbeaux effrayés.

Bip ! Bip ! Bip !

Le réveil insiste et je tente une contre-attaque pathétique : j'enfonce mon visage dans l'oreiller, en attendant que mon cerveau se connecte à mon corps. Je plisse les yeux et la lumière filtre à travers les stores comme un invité non désiré. Je m'étire, mes pensées encore immergées dans les brumes du sommeil. J'allonge mon bras, je tripote l'écran de mon portable et j'éteins le réveil ; j'entraperçois trois messages non lus, ainsi que d'autres notifications encore non identifiées. Je les ignore ; je m'assois au bord du lit et je patiente pour que prennent forme les silhouettes se découpant dans la semi-obscurité : quatre livres entassés sur ma table de nuit, qui se dressent comme un gratte-ciel. Sur le pouf, au pied du lit, un

T-shirt violet roulé en boule et, un peu plus loin, par terre, mes New Balance rouges, prêtes à me faire un croche-pied. Les rayons de soleil révèlent la poussière qui volette dans l'air. Il faut que je dépoussière ma bibliothèque. Du moins, l'étagère.

Et aussi mon esprit.

Je me lève et j'observe, sur la table de chevet, la tasse de camomille que j'ai bue la veille au soir. Avec un soupir, je m'oblige à dissiper ma fatigue et à me lever. Je passe près du bureau encombré de feuilles et de notes, puis je m'arrête pour regarder la photo sur l'étagère : Daniele et moi, enfants, assis sur le muret en pierre du parc. Nos mains maculées de glace à la vanille et les joues rougies par notre course. Daniele tient un ballon flambant neuf, avec ce sourire fier et contagieux que seul un grand frère peut afficher. C'est une photo d'un été sans fin, plein d'espoir et de promesses faites sous le soleil, que le temps n'a pas su tenir.

Je caresse le verre qui protège son image, en suivant les contours de ce sourire désormais lointain.

J'entrouvre les yeux et je vais à la salle de bains. Le tube de dentifrice n'a plus de bouchon et la brosse est pleine de mèches de cheveux crépus. Je me dis que c'est à cause de la saison des châtaignes.

Ou du stress.

J'ignore le chaos et découvre mes yeux enflés dans le miroir.

Je hausse les épaules : le maquillage me rendra plus présentable. Je retourne dans ma chambre et récupère mon portable sur la table de nuit. Je fais défiler les messages : ils sont tous d'Ettore. Mon ami a l'air d'être encore plus stressé que moi à l'idée de mon premier jour à l'école maternelle.

Bonjour, miss G. C'est le grand jour aujourd'hui.

Le premier...

Tu es prête ? N'oublie pas de sourire ;

moi, j'apporte le café, super-fort.

Je suis déjà en bas de chez toi. Dépêche-toi ! :)

Je secoue la tête, en pensant qu'il est le seul à être encore capable de me tirer un sourire.

Je retourne à la salle de bains ; j'enlève mon pyjama et je passe directement sous la douche. Je laisse l'eau couler sur mon corps, en essayant de laver aussi les pensées qui me souillent l'esprit. Aujourd'hui, ce n'est pas seulement mon premier jour de travail comme éducatrice, mais c'est aussi le retour sur le lieu qui a marqué mon enfance : l'école maternelle Colomba Antonietti où j'allais avec mon frère. Un établissement tenu par des bonnes sœurs pour le moins sévères. Ces couloirs et ces salles colorées sont riches de souvenirs et l'idée d'y revenir me cause un étrange vertige, comme si j'allais entrer dans une pièce fermée depuis longtemps. Je repense à mère Benedetta qui, dans mon esprit, a toujours été vieille. Raide, sévère. Imperturbable. C'est elle précisément qui m'a appelée, il y a quelques semaines, pour me proposer ce poste. Elle l'a fait d'une voix résolue, comme si elle ne m'offrait pas seulement du travail, mais aussi une possibilité de rédemption.

Une façon de boucler la boucle.

« Giulia, j'ai pensé à toi pour cet emploi, m'a dit la mère supérieure. Une de nos éducatrices est en congé maternité, et je crois que tu es vraiment la bonne personne pour le Colomba Antonietti. Que Dieu te réserve quelque chose de merveilleux. »

Peut-être n'était-elle animée que d'un sentiment de pitié, vu le décès récent de mon frère. Ou peut-être qu'à sa façon, elle m'a toujours estimée et que je ne m'en étais encore jamais aperçue.

Dieu, après tout, n'a joué, je crois, aucun rôle.

J'enfile un T-shirt vert et un jean large et foncé. Je repasse à la salle de bains et me mets un peu de correcteur pour masquer les traces de ma nuit blanche, puis un peu de fard*[1] et j'ajoute une touche de mascara*, sans exagérer, en espérant transformer ma mine chiffonnée en un air de « professionnelle compétente ».

Et puis je me demande si on peut se maquiller dans une école de religieuses.

Je sens le téléphone vibrer dans ma poche, mais je ne vérifie pas ; c'est sûrement encore Ettore, inquiet de mon silence.

Et de mon retard.

Avant de quitter ma chambre, je jette un coup d'œil à la statuette en bronze sur la table de nuit : c'est Télégone, l'objet que j'ai trouvé le jour même de la tragédie. Un frisson me parcourt le dos, telle une armée de fourmis en marche le long de ma colonne vertébrale. Je m'oblige à détourner les yeux ; j'accélère le pas et, au milieu du couloir, Wazowski me dit bonjour, en passant rapidement entre mes jambes. Je titube un instant, mais parviens à garder ma stabilité. « Tôt ou tard, tu finiras par me tuer ! »

Il me répond par un « miaou » peu convaincu et pose sur moi le seul œil qu'il lui reste avant de s'immobiliser pendant que je verse des croquettes dans son bol. Il est plus patient que moi ; je devrais tirer les leçons de sa sagesse, de temps en temps.

---

1. Les termes suivis d'un astérisque sont en français dans le texte. *(Toutes les notes sont de la traductrice.)*

Chaque fois que je l'observe, j'ai l'impression qu'il est nu, sans le pelage caractéristique des chats. Mais, au fond, c'est ce qui fait l'unicité des sphynx[1]. Je m'approche et me penche pour caresser sa petite tête lisse. « Quand je rentre, on jouera un peu, d'accord ? »

Wazowski répond par quelques ronronnements. Je me relève ; je prends sur le cintre ma doudoune blanche, mon sac et, avant de sortir, je m'examine une dernière fois dans le miroir, en rentrant mon T-shirt dans mon pantalon.

Allons-y !

La fraîcheur du matin m'accueille en cette fin d'octobre, avec une brise qui promet un nouveau départ. Je jette un coup d'œil à ma maison, qui semble cachée à la vue du monde. Mes parents, avant de me la laisser en héritage, l'avaient choisie précisément pour sa tranquillité, loin de la frénésie urbaine de Rome. Un seul étage et un minuscule espace extérieur enclos par une vieille grille rouillée. Où je ne fais jamais sortir Wazowski de peur qu'il ne se perde ; sans doute suis-je trop anxieuse.

Ettore tousse pour attirer mon attention. Il est là, juste derrière le portail, appuyé contre sa Mini Cooper, ses cheveux roux en bataille et ses Ray-Ban trop grandes qu'il ne quitte jamais. Il m'offre un de ses sourires communicatifs, en brandissant deux gobelets de café, tels des trophées. « Eh, bonsoir ! »

Je m'abstiens de toute réplique, pour ne pas lui donner trop de satisfaction.

« J'ai apporté l'arme secrète contre les premiers jours d'école ! » s'exclame-t-il.

---

1. Le sphynx est une race de chats originaire du Canada, caractérisée par sa quasi-absence de fourrure.

Je saisis le gobelet, aussi froid que s'il sortait du congélateur. « Mais tu l'as pris où, c'café ? Chez un glacier ? » Je goûte le liquide censé secouer mes neurones jusqu'à leur réveil complet.

« Non, aujourd'hui, et seulement aujourd'hui, je l'ai pris au McDo. »

Il arbore un air sérieux. Moi, je ne veux surtout pas lui faire plaisir et je lance un dernier regard vers la fenêtre de ma chambre. Wazowski est déjà là, en train de scruter la rue comme un vieux fouineur. Le petit gardien sans poils de mon univers en désordre.

Je monte dans la voiture.

Ettore s'assoit au volant et ferme la portière. « Alors, comment tu vas ?

— Comme si j'allais me jeter d'un avion. Sans parachute. »

Ça le fait rire, et cette sonorité semble capable d'éloigner les nuages. « T'exagères vraiment ! Et moi alors, qu'est-ce que je devrais dire ? »

Je le regarde, de profil, avec sa barbe rousse de quelques jours sur sa peau blanche. « Qu'est-ce que tu as à voir dans tout ça, toi ?

— Imagine-toi en train de te promener en uniforme, pour éradiquer la criminalité…

— Toi, au moins, Ettore, tu es armé !

— Est-ce que tu sous-entends qu'il te faut un flingue pour bosser avec les gosses ? »

J'éclate de rire.

J'aime bien quand Ettore parle en dialecte[1], même s'il ne le fait presque jamais. Peut-être qu'il veut me remonter le moral.

---

1. Les passages en dialecte « romanesco » seront désormais rendus par le registre familier.

Je m'étire sur le siège et j'entends les bruits de la circulation qui gagne en densité. Je contemple les vignes qui s'étendent sur les collines de chaque côté de la route. À la queue leu leu, bien rangées comme des tapis verts qui attendent d'être enroulés à l'horizon. Par-delà les vignes s'étale la ville de Rome, tandis que le ciel commence à se teinter d'un bleu plus intense au fur et à mesure que le soleil se lève.

Tandis que nous approchons du Colomba Antonietti, une pensée se distingue clairement parmi tous mes doutes : peu importe la dureté de l'atterrissage ; je crois que j'ai les ailes qu'il faut pour voler.

Malgré tout, ce sera aujourd'hui un très bon début.

2

Il y avait une drôle d'odeur quand je venais ici, enfant. Ou, du moins, c'est ce que me suggère mon cerveau, en train de fabriquer des souvenirs probablement artificiels, mais chargés de cette appréhension que ces lieux peuvent encore m'inspirer.

Je franchis le grand portail, aussi austère qu'autrefois, et la première chose que je fais, c'est de humer l'air. L'entrée est froide et le marbre rouge qui recouvre le sol me semble plus pâle que dans ma mémoire.

C'était aussi petit, même à l'époque ?

Je fixe la plaque sur le mur d'en face où trône l'inscription déteinte COLOMBA ANTONIETTI, et, pendant un instant, il me semble être dans l'antichambre d'une petite cellule de moine.

Autrefois, c'était un hospice religieux, et dans les pièces où jouaient les enfants – où *moi-même* je jouais – les gens mouraient.

Un frisson me parcourt et je vide mes poumons par un long soupir qui ne parvient pas à me calmer.

« Fais gaffe aux bonnes sœurs, hein. »

Je sursaute et laisse échapper un petit cri en me tournant vers la figure qui m'est apparue sur la gauche.

Mince, me dis-je en mon for intérieur.

Appuyé contre le montant de la porte, Marco croise les bras, comme pour imiter la pose d'une star d'Hollywood des années soixante-dix.

« Tu m'as fait peur.

— Et je ne suis pas la pire des rencontres que tu risques de faire ici », enchaîne-t-il avec un grand sourire, mais sans faire le moindre pas vers moi.

Nous gardons encore une certaine distance entre nous, en dépit des émotions.

« Des bonnes sœurs et des enfants, dis-je à voix basse. On n'est pas dans un épisode d'*American Horror Story*, que je sache ? »

Marco finit par s'arracher du chambranle de la porte et vient vers moi. Il ouvre les bras et nous nous abandonnons à notre rituel pour briser la glace : c'est une étreinte timide, deux chastes baisers d'amitié. Il ne s'est pas passé grand-chose entre nous, mais un ex est toujours un poids à porter, même quand la relation n'a pas eu beaucoup d'importance.

« Il ne faut pas qu'elles t'entendent, sinon ça commencera mal pour toi », note-t-il en passant une main dans ses cheveux.

Pas de doute, c'est vraiment une star d'Hollywood !

J'essaie tout de même d'arborer un air sérieux.

« Peut-être qu'avec les années mère Benedetta est devenue un peu sourde, tu ne crois pas ? »

Il écarquille les yeux et blêmit ; il scrute, par-delà mes épaules, la porte donnant sur le couloir qui mène aux bureaux. Je me retourne brusquement, mais la porte est fermée. Et il part dans un grand rire.

« Mon Dieu, tu as fait un de ces bonds ! dit-il en se tapant les cuisses d'un geste théâtral.

— Toujours aussi blagueur. Il y a des choses qui ne changeront jamais ! »

Il secoue la tête.

« Et la vieille en fait partie, crois-moi. Peut-être qu'elle est bionique, mais elle a encore l'ouïe fine, je peux te le garantir. »

Je soupire et m'autorise un petit rire. Je transpire et mon pull s'humidifie sous mes aisselles, ce qui m'est très désagréable. Je résiste à mon envie de renifler et je fixe Marco du regard.

« J'espérais que tu aurais trouvé un boulot ailleurs. »

Il retrouve sa retenue hollywoodienne et croise de nouveau les bras.

« Mais tu verras, ce sera pratique pour toi d'avoir un ami par ici. » Il baisse la voix et poursuit : « Après tout… ce sont toujours des bonnes sœurs, hein ?

— Mieux vaut ne pas s'y fier ! »

Marco sourit en coin et continue à m'observer. Cela fait cinq ans qu'il travaille comme concierge dans cet établissement et, bien évidemment, il le connaît parfaitement alors que je l'ai fréquenté seulement enfant.

Et maintenant, en tant qu'éducatrice, me dis-je.

« Mère Benedetta doit m'attendre, je…

— Tu as déjà pris un café ? me demande-t-il, en m'empêchant de partir.

— Est-ce que celui du McDo compte ?

— Mmh.

— Alors, non.

— Il faut que tu sois en forme pour affronter la grande vieille ; il est prêt en cinq minutes, viens », me propose-t-il en désignant la porte derrière lui.

Son invitation est tentante, mais je secoue la tête.

« Il est tard, je suis déjà limite, et c'est mon premier jour. À la rigueur, un petit gâteau ?

— Ça, je n'en ai pas, réplique-t-il en haussant les épaules. Et puis, tu le sais bien : mère Benedetta ne rigole pas avec le péché de gourmandise.

— Justement, je ne voudrais pas lui faire perdre si vite ses bonnes dispositions à mon égard. »

Marco acquiesce, mais il a l'air déçu.

« C'est une sage décision. D'ailleurs, tu as toujours été plus sage que moi. »

Autrefois, c'était ainsi ; maintenant, c'est différent, ai-je envie de répliquer. Mais je me contente de lui faire un signe d'assentiment.

« La prochaine fois, OK ? »

Il opine du chef.

« Vas-y, c'est la deuxième porte à gauche. »

Là derrière, il y a le couloir de la terreur. Celui qu'enfants nous appelions le « couloir des ombres ». Je n'ai encore jamais pénétré dans cette aile. Les petits entrent de l'autre côté.

Je suis en train de devenir une adulte, me dis-je pour dédramatiser.

Je lui murmure :

« La grande vieille, n'est-ce pas ?

— Si tu as besoin d'aide, crie ! »

Marco plaisante.

Mais je frissonne. Vraiment.

Et j'ai la gorge sèche.

Aucune place à l'erreur.

Surtout aujourd'hui.

J'avance de quelques pas ; j'effleure la poignée froide et je me retrouve dans le couloir des ombres. Les murs semblent m'observer ; les faibles lueurs projettent de longues ombres et les vieilles fenêtres laissent filtrer une lumière grise et opaque qui dessine des contours indécis sur le sol.

Parvenue à la porte, je frappe avec un mélange de peur et de respect.

« Entrez. »

Mère Benedetta paraît devant moi. Son visage est une carte géographique striée de fines rides, serti d'un voile noir qui en accentue la pâleur. Ses yeux, pénétrants, n'ont pas changé et semblent lire à travers les âmes.

« Entre, Giulia », ordonne-t-elle d'une voix qui, malgré son âge, conserve une autorité incontestée. Ses lèvres minces esquissent une sorte de sourire.

L'air est imprégné d'un silence sacré, que ne vient briser que le léger *tic tac* d'une vieille horloge. Chaque centimètre cube de cette pièce respire une vie consacrée à la foi. Sur l'étagère en bois de chêne foncé sont entassés des livres reliés en cuir, chacun témoignant de décennies de service et de prière.

Sur le bureau se dresse fièrement un grand crucifix en bois, où les bras du Christ sont tendus vers le haut, tandis qu'une lampe à huile projette des ombres dansantes sur les murs.

« Assieds-toi, assieds-toi, me répète mère Benedetta, en sentant peut-être mon hésitation. (Elle m'indique une chaise en face de son bureau. Je m'y installe.) Giulia, commence-t-elle, en gardant les mains jointes comme si elle était en train de prier. Nous sommes profondément attristés par la perte récente de ton frère. Ta famille est dans nos prières. Ton père, ta mère, et maintenant ton frère. »

Je m'abstiens d'intervenir et me concentre sur le parfum de vieux bois et de cire d'abeille, qui se mêle à la légère senteur de l'encens.

« Merci, Mère », lui dis-je peu après, en essayant de garder une voix ferme.

Mère Benedetta hoche la tête ; ses yeux conservent leur lumière de compréhension et de sévérité.

« Bien. Je crois que, par le travail et la dédition, tu pourras trouver la consolation. »

Pendant qu'elle parle, je me concentre sur certains détails : la Bible ouverte sur un lutrin près de la fenêtre, les pages jaunies par le temps, le bouquet de fleurs fraîches, peut-être des gardénias dont le parfum suave contraste avec la fragrance plus marquée de l'encens.

« J'attends de ta part du dévouement et le respect de nos valeurs, poursuit mère Benedetta, et surtout, que tu fasses tout avec amour. Les élèves ne sont pas seulement des enfants : ce sont des âmes que Dieu nous a confiées. »

J'absorbe ses mots en arborant un air déterminé.

« Tu commenceras par la classe F. C'est celle où il y a le plus de petits.

— Je ferai de mon mieux », déclaré-je en fermant les yeux, comme pour conférer davantage de solennité à cet instant.

Je les rouvre précisément au moment où elle lève le menton en signe d'approbation. Puis, d'un mouvement quasi imperceptible, elle effleure les grains de son chapelet et se met à murmurer une prière. Elle me congédie ensuite d'un geste de la tête.

« Merci », lui dis-je en chuchotant, mais elle ne répond pas : elle continue à prier.

Tandis que je gagne la porte, je sens dans mon dos tout le poids de son jugement et de sa protection.

Je sors et me dirige vers ma nouvelle classe ; le bruit de mes pas résonne sur le sol en marbre et se mêle à l'écho des rires des enfants dans la cour. Je ralentis, sans cesser de fixer le couloir des ombres.

Aujourd'hui, il m'effraie moins.

3

Marco me précède, et le hall se dissout en un kaléidoscope de voix et de couleurs. Il est là, avec son air si attentionné et gentil, son tablier bleu qui semble cousu sur mesure, et ses cheveux châtains qui ondulent comme dans un spot publicitaire pour shampooing.

« Alors, prête pour la guerre ?

— Je suis née pour ça ! »

Il rit, tandis que je garde mon sérieux. Puis il s'arrête et enfouit une main dans sa poche.

« Regarde ce que je t'ai apporté. »

Il sort un Bacio Perugina[1].

« Oh… Merci ! » Je ne résiste pas, je le déballe et le fourre tout entier dans ma bouche.

« Tu ne lis pas le petit mot ? »

Je me dépêche de mâcher, comme ensorcelée, tout en ouvrant le papier froissé. J'avale, en m'étranglant presque

1. Petites pralines au chocolat, fabriquées par la maison Perugina. Littéralement : « Baiser Perugina ». Célèbres pour les phrases d'amour imprimées sur le petit papier glissé à l'intérieur de chacune d'elles.

avec la noisette. Je lis à voix haute : « Les amours passées sont comme les étoiles : elles ne cessent jamais de briller dans le cœur de ceux qui les ont vécues. »

Quelle coïncidence, me dis-je. *On dirait que c'est fait exprès.*

Marco me lance un regard complice et pose sa main sur la poignée. « Allez, c'est l'heure. Ne t'inquiète pas, Caterina est formidable. Tu t'entendras très bien avec elle. »

La porte s'ouvre sur un monde bariolé, palpitant de vie. Les murs sont tapissés de dessins aux couleurs vives, avec le soleil stylisé dans un coin, des animaux et des humanoïdes aux proportions fantaisistes. Je n'ai pas franchi le seuil que je suis déjà enveloppée des rires des enfants et du bruit de leurs bavardages. L'air est saturé de l'odeur de la gouache et de la pâte à modeler, mêlée à cette âcre senteur de passé qui ne peut se concentrer que dans les salles de classe ayant vu défiler des générations et des générations d'écoliers. Un petit aux cheveux noirs et frisés pose par terre une pièce de puzzle et court vers nous.

« Voici Caterina, une des héroïnes avec qui tu auras l'honneur de guerroyer cette année. » Marco indique une jeune femme dans les trente-cinq ans, avec une queue-de-cheval rousse et violette. L'idée qui me frappe d'emblée, mais que j'écarte aussitôt, est que si mère Benedetta accepte ces mèches aux teintes si excentriques, elle n'est peut-être pas aussi rigide et sévère qu'elle veut le laisser paraître.

Caterina vient vers moi d'un pas décidé et me serre la main avec enthousiasme. « Ravie de te rencontrer. » Sa voix est claire et son ton chaleureux.

Je lui réponds par un sourire, en essayant d'observer chacun des éléments qui constitueront désormais mon environnement quotidien. Les voix des enfants, quant à elles, comblent l'espace entre nos mots. « Lavinia m'a beaucoup parlé de toi.

— Oui, on est très amies », lui dis-je en caressant la tête de l'enfant bouclé qui s'est accroché à ma jambe.

Un autre enfant, avec des lunettes à monture rouge, tire sur le pull de Caterina. « Maîtresse ! Maîtresse ! » crie-t-il d'une voix stridente. Puis il tend une feuille vers moi. Je me baisse et j'observe le dessin.

« Comme il est beau, merci ! Comment tu t'appelles ?

— Francesco », répond-il, tout intimidé, avec les bras derrière le dos.

Au même moment, une fillette à tresses blondes me tend un autre dessin. *Ciao Maestra Giulia.*

Bienvenue, maîtresse

« Mais quelle jolie petite maison… Et toi, comment tu t'appelles ? je lui demande en lui effleurant le visage.

— Emma, répond-elle, en se dandinant.

— Mais c'est plein d'artistes ici. Bravo ! »

Pendant ce temps, Marco frôle mon épaule d'une main. « Bien. Moi, je retourne à mon dur labeur, déclare-t-il en plissant les yeux d'un air séducteur. On se voit tout à l'heure. »

Aussitôt après sa sortie, un autre enfant, plus timide et plus chétif que les autres, s'approche. Il a les cheveux blond cendré et de grands yeux verts qui épient tout avec une curiosité empreinte de tristesse.

« Comment tu t'appelles ? lui dis-je, en modulant ma voix.

— Il s'appelle Teo, répond Caterina. (Puis elle me prend à part.) Il ne parle pas bien ; il est un peu… retardé. Il est arrivé en classe seulement hier. Il vient tout juste d'avoir quatre ans. »

BENVENUTA
MAESTRA

J'acquiesce et je m'agenouille de nouveau, en fixant le petit dans les yeux. « Ciao, Teo. »

Il détourne le regard, mais il me tend une feuille.

J'observe le dessin et je suis frappée par l'expression des lèvres qu'il a donnée à la religieuse. Une sensation inattendue de malaise me saisit.

« C'est très beau. C'est toi qui l'as fait ? » je lui demande, en essayant de chasser cette impression.

Mais il ne répond pas et s'éloigne.

Sans m'avoir une seule fois regardée.

4

DE RETOUR CHEZ MOI, j'allume la radio et monte le volume pour que la voix de Pierdavide Carone[1] remplisse la maison. J'adore « Nanì », mais j'attendais un peu plus d'un artiste aussi prometteur que lui. Encore un être inachevé. Je ressens parfois cela à mon propre égard. C'est peut-être précisément pour cette raison que je l'aime, pour ce pont subtil qui nous relie.

Je me laisse tomber sur le divan ; j'abandonne mon sac et je penche ma tête en arrière. Wazowski bondit sur ma poitrine et entame quelques pirouettes, avant de se nicher contre moi en ronronnant. J'éprouve une fatigue que je ne saurais définir et que je ne me souviens pas d'avoir déjà connue. Ils sont adorables, ces enfants, mais ils ont le don de nous réduire à l'état de poussins déplumés et sans forces. *Ce n'est que le premier jour*, me dis-je, et Caterina, elle, ne paraissait pas dans un tel état d'épuisement en quittant l'école.

1. Auteur-compositeur-interprète, né à Rome en 1988. Lancé lors de la neuvième édition du *talent show* « Amici di Maria De Filippi ».

Demain, ça ira mieux.

J'essaie de sourire et je caresse Wazowski, tout en étudiant les ombres que la lumière de l'après-midi griffonne au plafond.

Tous ces dessins.

Est-ce que j'avais une imagination aussi fertile à leur âge ?

Ces enfants semblent vraiment à même de capturer l'esprit, l'essence des choses qu'ils voient et des états d'âme qu'ils éprouvent. Il n'y a pas que de la beauté dans ces traits enfantins, mais également de la force.

Une certaine intimité.

Ils savent aller au-delà des apparences et se focaliser sur le cœur.

Je soupire et ferme les yeux. J'ai besoin d'une douche bouillante.

Mais je n'ai pas envie de bouger.

Encore une chanson, et j'y vais.

Comme je suis devenue paresseuse.

Jusqu'à tout récemment, dans le dictionnaire de ma vie, le mot « procrastiner » n'existait absolument pas. On dirait que, maintenant, cette attitude est devenue ma règle. Après Carone, Alexa me propose le dernier tube d'Annalisa[1]. Je suis tombée sur le filon des grands talents, qu'est-ce que je pouvais attendre d'autre ? Je n'ai même pas l'énergie de lui crier que ça ne me plaît pas.

« Alexa, fais-moi un café, lui dis-je en coupant la chanson et en éclatant de rire.

— Je suis désolée, commence sa voix froide, mais je ne crois pas pouvoir vous aider. »

---

1. Autrice-compositrice-interprète, née à Savone en 1985. Lancée lors de la dixième édition du *talent show* « Amici di Maria De Filippi ».

Tu ne sers à rien, pensé-je.

J'écarquille les yeux, et, en cet instant précis, Wazowski cesse de paresser ; il saute et court vers la cuisine. Comme j'aimerais avoir un peu de sa vitalité ! Et dire que lorsque je l'ai adopté, il y a une dizaine d'années, en bien mauvais état et avec un œil en moins, personne n'aurait parié qu'il pourrait survivre aussi longtemps.

Le contempler me donne du courage. Malgré le refus catégorique de chacune des cellules de mon corps, je parviens à me lever et souris. La voix de robot d'Alexa est toujours plus gentille que celle de mère Benedetta. Quand j'étais adolescente, il m'arrivait de rêver de la mère supérieure. Je dois avouer que les quelques années passées dans cette école maternelle m'ont marquée à tout jamais.

Et maintenant, j'y travaille !

Je vais à la cuisine où je prépare la cafetière, puis, en attendant que l'arôme du café parfume l'air, je vais à la salle de bains et ouvre le robinet d'eau chaude, afin de laisser le temps à ma chaudière mal en point de s'activer. Je fixe le jet d'eau, hypnotisée. Mes pensées sont soudain pénétrées par le regard à la fois doux et inquiétant du petit Teo.

Je revois son dessin.

Pourquoi a-t-il représenté ce personnage si effrayant ?

Le *glou glou* de la cafetière m'appelle à la cuisine. Je remplis une petite tasse que je prends avec moi dans la salle de bains. Je me déshabille puis sirote mon café, tout en repensant au dessin de Teo et à cette figure spectrale.

Je soupire, essaie de faire *tabula rasa* et de me vider l'esprit. Je passe sous la douche, pour la seconde fois de la journée, et je sursaute sous le jet un peu trop chaud. Puis le plaisir commence à envahir mes sens et tout le reste se met à glisser.

* * *

La place San Pietro s'étend devant moi telle une fresque vivante, animée de lumières tamisées et d'ombres dansantes. Certes, elle n'a pas le charme de celle de Rome, mais ici aussi, à Frascati, on sent le poids de l'histoire, avec les vieilles pierres sous les pieds qui s'enorgueillissent du passage d'innombrables générations. La bonne odeur des gâteaux sortis du four se mêle à l'air frais du soir. Le murmure constant de la fontaine attire mon attention : installés dans une des niches, deux jeunes boivent lentement leur bière à la bouteille. Je tourne la tête et j'avise Lavinia assise en terrasse. Elle porte un jean clair et un veston en cuir noir.

Je cours vers sa table et m'assois en face d'elle.

« Excuse-moi pour le retard.

— Aucun problème, j'ai l'habitude, réplique-t-elle avec un sourire avant de faire signe au garçon. J'ai déjà commandé deux spritz. (Elle plisse ses yeux bleus qui captent les derniers rayons de soleil et son nez aquilin s'incline davantage vers sa bouche. Alors, ce premier jour ?

— Disons que ça a été… intense. Entre les présentations, les dessins des enfants et les choses habituelles. Et toi ? Comment ça se fait que tu ne travailles pas aujourd'hui ? »

Le serveur surgit dans mon dos ; il a failli me faire peur. Il pose les deux spritz sur la table et s'éloigne, aussi silencieusement qu'il est arrivé.

Lavinia remue sa boisson avec une paille.

« J'ai dû prendre un jour de congé pour aller faire des analyses.

— Des analyses ? Tout va bien ?

— Oui, oui, confirme-t-elle. Des examens de routine. »

Je sens qu'elle n'a pas envie d'en parler davantage, et je lève mon verre.

« Alors, on porte un toast.

— Au premier jour.

— Au premier jour ! »

Les verres tintent en se touchant et la brise du soir me caresse la peau.

« Tu sais, je ne t'ai jamais assez remerciée pour ce que tu as fait. »

Lavinia boit une autre gorgée et passe une main dans ses cheveux.

« Sans toi, je n'aurais jamais travaillé au Colomba Antonietti.

— Allez, c'est bon.... Tu étais meilleure que moi à la fac. Disons que tu avais juste besoin d'un léger coup de pouce pour que mère Benedetta finisse par te remarquer. »

Lavinia secoue la tête et un sourire narquois s'ébauche sur ses lèvres, tandis qu'elle observe les couples en train de se promener sur la place.

« Du reste la grande vieille… ne dit que du bien de toi. Elle fait une sorte de fixette. »

Elle se touche le ventre et une expression de douleur lui déforme les traits, comme si elle avait soudain ressenti un élancement.

« Qu'est-ce qu'il y a ?

— Non, rien, rien. »

Elle ferme les yeux et boit une autre gorgée de spritz. J'entends au loin la musique d'un artiste de rue. On dirait qu'il joue « Caruso » de Lucio Dalla[1]. Je bois aussi une gorgée et le goût amer et pétillant du cocktail réveille mes sens.

« Au fait, tu sais qui est la cuisinière de l'institut ? me demande-t-elle à voix basse.

— Euh, non. Je ne l'ai pas vue aujourd'hui…

— Sœur Luisa », répond-elle en trépignant d'impatience.

Je lève un sourcil.

« Quelle Luisa ? Luisa Siniscalchi ? »

Elle opine du chef.

« Vraiment ?

— Ça n'a pas l'air de te faire plaisir.

— Non, effectivement. (Je tourne la paille dans mon verre, plus par nervosité qu'autre chose.) On se traîne de vieilles histoires de famille indémêlables. Elle ne m'adresse même pas la parole, celle-là. Si elle pouvait, elle me ferait tomber dans les griffes de Satan ! »

Lavinia me fixe un moment sans parler, puis lève de nouveau son verre.

« Cette fois, portons un toast aux vieilles connaissances ! s'exclame-t-elle en marquant une longue pause empreinte de malice. Et disons que parmi elles, il y a aussi Marco…

— Arrête, lui rétorqué-je en essayant de me retenir de rire. Il ne m'intéresse pas.

— Oui, oui, c'est ça. »

Lavinia affiche un air sceptique et le tintement de nos verres s'allie au brouhaha de la place. Je concentre mon regard sur le soleil qui teinte de rose et d'orange le ciel au-dessus de Frascati, puis le tourne vers Lavinia qui maintenant me

1. Auteur-compositeur-interprète né en 1943. Ce morceau, écrit en 1986 en hommage au ténor Enrico Caruso, a remporté un immense succès.

sourit. Je remarque quelque chose d'étrange dans ses yeux bleus. Un éclair fugitif qui me fait penser que même chez elle se cachent des ombres.

5

Dimanche 8 octobre

SILENCE.

Seul le bruit sourd de la portière qui se ferme.

Le silence, interrompu par le ronronnement du moteur que j'ai démarré. Je respire et je répète mentalement les derniers mots de notre dispute. Ils prennent forme, comme des ombres dans l'air.

Lourds.

Obscurs.

Des réponses effilées, des promesses non tenues.

Nous devons parler.

Nous devons continuer à parler.

Le volant froid sous mes doigts et mon pied qui appuie sur l'accélérateur. La route se déploie, tel un ruban noir sous un ciel encore plus noir.

Silence.

L'air glacial filtre à travers les fissures de la vitre ; il incise la peau et refroidit le cœur. Gèle les non-dits, les erreurs non admises. J'accélère ; les phares fendent l'obscurité ; des langues jaunes lèchent la chaussée mouillée.

Stop.

Deux lumières rouges s'intensifient soudain devant moi. Je cligne des yeux. La voiture qui me précède esquive un autre véhicule arrêté au bord de la route. Puis je distingue une figure humaine ; des bras qui s'agitent dans l'obscurité. Des lumières se reflètent sur des tôles courbées.

Je ralentis, et finis par m'arrêter.

Je demeure immobile, en suspens. Il y a un clignotement anormal. Une fausse note dans cette partition nocturne. Une distorsion dans les perceptions.

Les lumières dessinent des contours trop familiers sur du métal qui a été tordu et arraché. Mon cœur cesse de battre.

Puis il recommence à palpiter.

Il cogne dans ma poitrine.

Silence.

Un éclair m'éblouit et un coup de tonnerre secoue l'asphalte.

Je remets le moteur en route et je me gare. Le silence, à présent, s'insinue dans mes poumons et m'oppresse à chaque respiration. Je descends, la portière claque avec un bruit mat.

Des pas.

Des pas rapides, désespérés, vers cette silhouette gisant par terre. Familière. Des pas qui évaluent la distance entre l'espoir et le désespoir.

C'est sa moto, avec son vernis noir ; et le phare encore allumé.

C'est la moto de mon frère.

L'angoisse me serre le ventre pendant que je m'approche. La terre chancelle sous mes pieds.

Le petit coffre ouvert, avec ses papiers, éparpillés sur le goudron, et son casque blanc et rouge. Je porte mon attention au-delà du rail de protection, au pied d'un arbre.

Son corps est là.

Couché sur le dos.

Immobile.

« Mademoiselle, dit une voix d'homme derrière moi. J'ai déjà appelé l'ambulance. »

Je l'entends, mais je ne saisis pas ses mots. Je m'agenouille, ma main cherche son pouls, cherche la vie.

Rien.

Silence.

Seul le froid me répond. Et la peau sous les doigts, figée.

J'attends, sans savoir quoi attendre. Chaque seconde m'enfonce une lame dans la poitrine.

Des éclairs bleus déchirent le ciel noir.

Des sirènes au loin. Le silence se brise.

Grincement des pneus sur l'asphalte.

Ils arrivent tous ensemble.

L'ambulance.

La police.

Un tourbillon de gens. Des policiers, des médecins, des infirmiers qui s'agitent en tous sens. Danse frénétique de la douleur.

Je m'éloigne de quelques pas ; il commence à pleuvoir et mes cheveux me collent au visage. L'humidité se mêle à l'odeur âcre du goudron et au métal chaud de la carrosserie. Je lève les yeux au ciel ; les lumières intermittentes le teintent de bleu, mais l'obscurité semble engloutir les couleurs.

Des pas pressés, des voix suffoquées.

« Mademoiselle. » Un agent en uniforme me prend par l'épaule. Son visage est celui d'un fantôme, accablé de tristesse. « Qui êtes-vous ? »

Je désigne le corps, face désormais contre terre ; un infirmier, penché au-dessus de lui, secoue la tête. « C'est… C'est mon frère. »

Ma voix est trop aiguë, poignante, et instille un fragment d'âme dans ce tronçon d'asphalte mouillé.

C'est mon frère.

Nous devions nous parler.

Nous parler encore une fois.

Silence.

Mardi 31 octobre

Ce matin-là, le ciel de Frascati est comme peint. La routine de ma nouvelle vie se met peu à peu en place. Je roule en direction du Colomba Antonietti pour mon deuxième jour de travail et, lentement, je prends de l'assurance. Je me sens mieux ; il n'y a plus que les cauchemars qui me torturent, ces cauchemars qui, depuis le jour de la tragédie, rôdent sans cesse comme des spectres dans mon esprit.

Alors que je me gare sur le parking réservé à l'intérieur de l'institut, je vois déjà arriver le long du chemin les premiers enfants accompagnés de leurs parents. Il me semble reconnaître Teo. Un bel homme d'une quarantaine d'années, en costume cravate, le tient par la main. Je respire et profite de l'air frais qui sent encore l'herbe mouillée. Je franchis ensuite le seuil ; mes talons plats résonnent sur le marbre d'un rouge passé. Je tourne à l'angle et, telle une vision, je vois se matérialiser devant moi sœur Luisa. Une vision désagréable ; nous échangeons tout juste un regard glacial, chargé de tout le poids d'une atavique animosité, enracinée dans de vieilles querelles de famille. Je ne saurais dire quelle est la raison de cette rancœur, mais depuis mon plus jeune âge je n'ai entendu que des propos négatifs sur elle et sur sa famille.

Une question d'argent. De terrains, ou quelque chose de ce genre. Bien qu'elle ait pris le voile et soit plus âgée que moi d'une dizaine d'années, elle ne veut toujours pas enterrer la hache de guerre. Sœur Luisa continue à me disséquer de ses yeux bleus autour desquels les plis s'accentuent. Elle passe près de moi, sans me saluer et sans s'arrêter, et se dirige vers la sortie. Je secoue la tête pour chasser les pensées mauvaises et je longe le hall où je reconnais Lavinia, de dos, en train de discuter avec une religieuse de petite taille et toute ronde.

« Ciao, Lavi, lui dis-je en la rejoignant. » Elle se retourne avec un sourire radieux, tandis que la religieuse me dévisage avec curiosité.

« Ciao, Giu. Attends, que je te présente sœur Germana. »

La religieuse me tend aussitôt sa main robuste et me sourit, en révélant une rangée de dents étonnamment blanches. On lui donnerait une cinquantaine d'années. « Enchantée, et bienvenue parmi nous. » Elle parle avec un accent romain marqué et ce détail me met de bonne humeur. « Oh, fais attention à ces couloirs : de temps de temps, il peut en jaillir un saint, mais aussi quelques diablotins. » Elle lance un coup d'œil malicieux du côté où a disparu sœur Luisa. « Si on y pense, aujourd'hui, c'est aussi la fête d'Halloween. Mais pas question d'en parler devant les autres sœurs, hein ? »

J'ai envie de rire, mais je me retiens. J'aime sa franchise qui détonne avec la réserve des autres sœurs de l'institut.

« Eh, Giulia ! » C'est la voix de Marco.

Je me retourne. Il avance vers moi, deux gobelets fumants à la main. « Bonjour à toutes. Je t'ai apporté du café.

— Merci… dis-je en souriant, pour ne pas sembler impolie. Mais là, vraiment, je n'en veux pas. »

Sœur Germana intervient :

« Oh, et moi, je peux le boire ?

— Hum… Oui, bien sûr. »

Marco lui tend un gobelet – un brin de déception altère quelque peu ses traits hollywoodiens. Sœur Germana et Marco avalent leur café presque à l'unisson, puis il récupère le gobelet vide dans les mains de la nonne, hausse les épaules d'une manière un peu trop marquée et retourne d'où il est venu, avec ses grandes jambes maigres. Sœur Germana observe la scène sans mot dire, puis me donne une tape amicale dans le dos.

« En tout cas, il était bon. »

Je fais signe à Lavinia que je m'en vais ; elle a commencé à parler avec la mère d'une fillette au teint olivâtre. « Allez, je t'accompagne dans ta classe », poursuit sœur Germana.

Elle me conduit le long des couloirs qui commencent lentement à se peupler. Les parfums de cire s'allient à ceux du vieux bois et aux notes d'un désinfectant qu'un des agents de propreté a dû utiliser pour nettoyer. Puis mon accompagnatrice s'arrête, en indiquant la porte F d'un mouvement de tête. « Nous voici arrivées. »

Je l'ouvre et suis accueillie par une vague de chaleur. Le soleil du matin filtre à travers les fenêtres et, à part Caterina, il n'y a que le gamin aux cheveux bouclés et Teo.

J'ai à peine le temps de dire bonjour que le petit à frisettes vient vers moi et s'accroche à ma jambe. « Ciao, maîtresse Giulia. »

Je me penche en lui souriant.

Teo demeure sur le côté, examinant la scène du coin de l'œil.

Je dis ensuite bonjour à Caterina qui me répond en levant le menton.

« Maîtresse, regarde ce que j'ai fait ! » s'exclame l'enfant frisé, en me mettant sous le nez une feuille de papier froissé.

« C'est très beau, Luca ! » lui dis-je en passant la main dans ses cheveux, et j'accroche le dessin au milieu des autres sur le mur. Je me dirige rapidement vers le bureau.

Sœur Germana toussote à deux reprises pour attirer l'attention

« Giulia, si tu as besoin de quelque chose, tu sais où me trouver.

— Merci. Pour tout. »

Elle minimise ses bienfaits d'un signe de la main et referme derrière elle.

Je décide de m'approcher de Teo qui garde le silence, complètement absorbé par son dessin. Ses mains se meuvent avec une intensité et une concentration dignes d'un adulte. Je m'agenouille près de lui afin d'examiner sa feuille.

Je suis de nouveau envahie par une curieuse sensation. Je fixe le personnage qu'il a gribouillé et une inquiétude que je ne parviens pas à m'expliquer se répand en moi comme une tache d'encre sur une page blanche.

« C'est vraiment beau, Teo ! » lui murmuré-je en cherchant à cacher mes émotions. J'ai peur de briser le fragile équilibre de son monde imaginaire.

Il lève les yeux et me regarde pour la première fois, puis se replonge sur sa feuille, concentré.

« Qui est-ce ? » lui demandé-je en désignant le personnage tout noir.

L'enfant interrompt son geste et garde son feutre suspendu en l'air. « Il est méchant. » Sa voix est un brin d'herbe, emporté par le vent. « Lui, il me tue. »

Un tremblement me parcourt l'échine, comme si un vent glacé m'avait traversé l'âme.

« Mais qu'est-ce que tu dis là ? Tu es un enfant... » Je m'efforce de sourire, mais Teo ne lève pas les yeux sur moi.

« Il me tuera. Quand je serai grand. »

Je décide d'en rester là et me relève. Je suis brusquement saisie d'une montée d'angoisse. Je vais à la fenêtre afin de garder une contenance. Le monde intérieur des enfants est un univers de symboles et de signes que, parfois, eux seuls sont à même d'interpréter. Je prends une longue inspiration, en essayant d'expulser la fine strate d'effroi que ce dessin a déposée en moi. La porte s'ouvre et la fillette aux tresses blondes entre. « Ciao, maîtresse Giulia. » Pendant que l'enfant s'approche, le dessin de Teo demeure imprégné dans mon esprit, suspendu entre la réalité et la fiction, tel un fantôme que je ne parviens pas à chasser.

Dans un angle de la pièce, Caterina semble me tourner le dos délibérément.

6

LES JOURS SUIVANTS se déroulent sans heurts. J'apprends à mieux connaître les dix-neuf enfants et je m'implique de plus en plus non seulement dans les activités pédagogiques, mais aussi dans la vie personnelle de mes élèves. Teo, en particulier, paraît bénéficier de ma présence, comme s'il trouvait en moi une forme de réconfort. Ses dessins continuent à remplir la vitrine de la classe et chacun d'eux semble un nouveau cri silencieux qui s'efforce d'exprimer ce qu'il ne parvient pas à dire avec les mots.

J'ai fait également la connaissance de sa mère : une belle femme dans les quarante ans, blonde, d'une grande élégance, et pas seulement sur le plan vestimentaire. J'ai remarqué, cependant, qu'elle pose souvent sur moi un regard vacillant comme les ailes d'un papillon. Elle a l'air triste et inquiète. Je n'ai pas vraiment approfondi mon enquête, mais je me suis promis d'aller plus loin dans cette histoire. Pendant cette semaine a eu lieu aussi la fête de la Toussaint, une célébration qui a conféré une touche solennelle au rythme quotidien. Les sœurs ont prié avec davantage de ferveur et sont venues le faire chaque matin en classe. Les enfants ont accueilli ce rite avec un sérieux auquel je ne m'attendais pas. Je les ai vus s'unir à la prière, les mains jointes et les paupières closes, immergés dans un silence contemplatif qui m'a étonnée.

Le 2 novembre, la classe a fait une sortie aux ruines de Tusculum, un événement qui avait été planifié avant mon arrivée. Avec l'accord des sœurs, j'ai préféré rester à la maison : la simple idée de me rendre sur ce site ravive des souvenirs trop vifs et trop douloureux.

Demain, c'est mon anniversaire. C'est quasiment un non-événement dans cette tourmente d'émotions, bien qu'Ettore insiste pour organiser quelque chose, ne serait-ce qu'un dîner entre nous. « Il faut quand même que tu fêtes ça, m'a-t-il dit hier soir. On n'a trente ans qu'une seule fois dans la vie. »

Comment lui donner tort ?

Entre-temps, Marco est devenu un point de référence quotidien. Avec une sensibilité que je ne lui connaissais pas, il me propose son aide, en particulier avec Teo, en me suggérant des activités aptes à développer sa capacité à exprimer ses sentiments.

« Qu'est-ce que tu dirais d'un laboratoire de dessin ou de peinture ? m'a-t-il demandé un jour, pendant que nous regardions les enfants jouer en plein air.

— C'est une excellente idée. »

Mère Benedetta a partagé notre avis ; elle a aussitôt accueilli cette proposition et a fait équiper une des salles de classe de tout le matériel nécessaire. J'ai vu Marco entrer avec des boîtes pleines de peintures, des pinceaux, des crayons et des feuilles, et le visage illuminé d'un enthousiasme contagieux.

Même s'il ne s'est écoulé que peu de jours depuis mon arrivée à l'institut, je crois que je suis en train de reconstruire ma vie bribe après bribe, malgré la douleur et les défis que je continue à affronter. Le moindre pas me rapproche un peu plus d'une nouvelle normalité, faite de petites victoires et de grands espoirs. Je me surprends à sourire plus souvent, à trouver du réconfort dans les rires des enfants et dans les habitudes qui, peu à peu, me procurent une nouvelle sensation de paix.

Lundi 6 novembre

Le premier jour de laboratoire, les élèves s'appliquent avec enthousiasme, les manches remontées jusqu'au-dessus du coude et leurs petites mains tachées de gouache. Ils donnent vie à des dessins riches en imagination, qui racontent des histoires de courage et d'aventures. Teo, concentré, travaille en silence à son dragon qui prend forme lentement sur sa feuille. Je m'approche pour mieux voir.

Je me penche de très près sur le dessin qui ressemble beaucoup, me semble-t-il, à celui de la semaine précédente. Teo s'est de nouveau représenté lui-même, avec de grands yeux et une expression de tristesse. Cette fois, cependant, le dragon paraît le défendre : son museau est, en effet, tourné vers le personnage qu'il a gribouillé comme à l'accoutumée et sur lequel il plane d'un air menaçant.

« Comment s'appelle le dragon ? »

Teo ne me regarde toujours pas. « Buddy », finit-il par répondre soudain, d'un filet de voix.

« C'est un beau nom, Buddy. »

Il fait « oui » de la tête. À cet instant, Luca se précipite vers moi et arrache le pinceau des mains de Teo qui tente de lui courir après ; il se tourne brusquement et fait deux pas, mais il ne voit pas Tommaso, le garçon le plus grand de la classe, qui est tranquillement assis derrière lui, absorbé par son dessin. Teo trébuche sur les pieds de son camarade qui dépassent de la chaise et perd l'équilibre. Il tombe en heurtant le coin de la table ; il se relève lentement, sans le moindre gémissement, en serrant son épaule.

« Eh, Luca », dis-je.

L'enfant se fige immédiatement.

« Rends-lui tout de suite son pinceau. »

Je m'approche alors de Teo et j'effleure son épaule.

« Tu t'es fait mal, mon petit ? »

Comme il ne répond pas, je me baisse pour être à la hauteur de ses yeux, mais il détourne son regard. Ses iris révèlent une tornade d'émotions : une mer agitée par la tempête, derrière un calme apparent.

« Tu as mal au bras ? »

Il fait « non » de la tête et indique le dragon.

« Buddy te défend contre ceux qui te font du mal ? »

Peut-être que je lui pose trop de questions.

En effet, Teo ne dit plus rien et va vers la porte-fenêtre. J'observe son bras où je distingue déjà un léger hématome.

Un sentiment de culpabilité s'insinue en moi telle une eau glacée entre les rochers.

J'aurais dû être plus attentive !

Je ne le quitte pas des yeux tandis qu'il regarde dehors. Le vent s'est levé et agite les feuilles comme les ailes de milliers de libellules.

La cloche me surprend en cet instant et me fait sursauter.

C'est l'heure de la cantine !

Caterina et moi aidons les enfants à tout ranger.

« Allez, les enfants », s'époumone ma collègue. On pourrait croire qu'elle parle dans un mégaphone. « C'est l'heure de déjeuner ! »

La cantine du Colomba Antonietti est toujours un lieu vivant, mais, aujourd'hui, le climat semble plus tendu que d'habitude. Pendant que les enfants s'installent à leurs tables, j'avise sœur Luisa appuyée contre le mur, au fond de la salle. Ses gestes sont raides et son visage sévère, comme si elle inspectait le moindre détail. Je perçois chez elle une forme de mépris vis-à-vis de moi qu'elle ne cherche même pas à dissimuler.

Je m'y ferai ! me dis-je.

Mais, je dois en convenir, c'est une cuisinière hors pair. Le déjeuner se déroule sans heurts.

Juste avant la reprise des cours, je prends Caterina à part dans le hall et lui demande :

« Tu as vu ce qui est arrivé à Teo ?

— Je n'ai entendu que le bruit, dit-elle en frôlant sa fossette sur son menton. Pourquoi ? Qu'est-ce qui s'est passé ?

— Luca lui a volé son pinceau. Teo lui a couru après, mais il est tombé et il s'est fait mal au bras.

— Écoute, ce sont des choses qui arrivent. Tu t'inquiètes pour ça ? » ajoute-t-elle après réflexion.

Je hausse les épaules et lui souris.

Giu, ça n'a rien de grave, tu dois seulement t'y habituer… En plus, il n'a même pas pleuré. Calme-toi !

Maintenant, Teo marche en silence, en gardant une certaine distance par rapport à ses camarades de classe. Une étrange inquiétude s'empare de moi sans raison, telle l'ombre d'un dragon glissant silencieusement au-dessus d'un lac gelé. Pendant un instant, je vois moi aussi Buddy, sa présence mouvante, et j'ai la sensation que quelque chose de profond est en train de se produire.

Invisible mais inexorable.

De retour en classe, quelques enfants se sont allongés sur des tapis et tentent de dormir. D'autres, au contraire, se sont mis à construire des tours avec des bouts de bois, le tout dans un volume sonore mesuré. La tranquillité régnant en cet instant me permet de mieux réfléchir et je songe alors que je devrais parler aux parents de Teo, et leur raconter peut-être ce qui s'est produit. Je décide de le faire aujourd'hui même, quand ils viendront le chercher. Il me faudra choisir soigneusement les mots.

Les mots ont un poids.

Et ça, je le sais bien.

7

JE CROYAIS AVOIR SURMONTÉ MES PROBLÈMES de migraine, mais, après quelques heures à m'occuper des enfants, je déchante. J'ai la nausée et j'entreprends de me masser les cervicales. Je soupire et ferme les yeux.

« Pas facile, hein, de les suivre ? » Je perçois une note de satisfaction dans la voix de Caterina.

J'entrouvre légèrement les paupières.

« Moi aussi, je me croyais invincible, affirme-t-elle en ébauchant un sourire, peut-être un signe d'humanité visible par-delà cette froide vie en communauté. Et puis, ils sont arrivés ! »

Elle me fait rire. « Mon Dieu, ne m'en parle pas. », je lui réponds, même si ma douleur dans le cou me rend la parole difficile. Je dois contrôler ma respiration pour ne pas avoir de haut-le-cœur.

« Avant, je consommais une boîte d'antalgiques par semaine, continue-t-elle tout en observant le petit brun qui s'approche de nous. Attends un peu, Mirco, maîtresse Giulia s'occupera de toi dans quelques minutes. » Elle me fait un clin d'œil.

Je détends mes muscles et je plie mon cou comme une vieille girafe.

Caterina aide le dernier enfant à enfiler sa veste, leur ordonne à tous de se mettre en rangs pour la récréation de l'après-midi et elle revient vers moi en sortant un sachet de sa poche.

« Ça, j'en ai toujours sur moi, déclare-t-elle en agitant l'antalgique, mais ma planche de salut s'appelle Antonio.

— Antonio ? »

J'écarquille les yeux, imaginant déjà l'indicible.

Elle hausse les épaules, blasée.

« C'est mon ostéopathe.

— Merci, lui dis-je en saisissant le sachet d'Oki.

— C'est la version soluble.

— Aujourd'hui, c'est ça, mon Antonio, ajouté-je en ricanant et en me tournant vers la porte. Je reviens tout de suite.

— Aucun problème, je te couvre. Eh, Mirco, retourne dans le rang, allez !

— Je me dépêche.

— Prends ton temps : je sais comment gérer ces petits monstres ! »

Je sors dans le couloir et marche à grands pas vers le distributeur d'eau. Je prends un verre en plastique que je remplis à moitié. J'avale le médicament et je m'appuie trente secondes, les paupières fermées, contre le mur ; j'ai l'impression que mon cerveau va exploser et que mes yeux sont en train de pulser.

Maudites cervicales !

La cloche annonçant la dernière heure a failli me tuer ; elle résonne dans ma tête d'une manière insupportable. Puis arrivent les cris joyeux des enfants qui sortent des salles de classe et qui se courent après en chahutant, malgré les rappels à l'ordre des institutrices.

J'expire en tâchant de me ressaisir, mais je sais qu'il me faudra au moins une demi-heure avant que l'antalgique fasse effet. Et un divan confortable. En revenant sur mes pas, je suis les ombres des enfants qui se précipitent vers leurs parents qui les attendent dehors.

« Teo ! » m'exclamé-je.

Giulia, tu n'es qu'une idiote ! J'avance rapidement de deux pas, juste le temps de réactiver ma migraine, puis je gagne la sortie. J'étire mon cou et je cherche Teo.

Je veux expliquer à sa mère ce qui s'est passé, je veux lui dire qu'il s'est fait mal en tombant… Mais j'arrive trop tard. Elle et Teo montent dans la voiture, de l'autre côté de la rue. Je tends un bras, mais ne parviens pas à prononcer le moindre mot. Un instant plus tard, la Mercedes foncée s'éloigne.

« Eh, mais qu'est-ce que t'as raté ? »

Marco est derrière moi, avec son sourire habituel et son éternelle tasse de café dans sa main droite.

« Un café, peut-être ?

— Non, je t'en prie, surtout pas maintenant… Mon crâne est au bord d'exploser. Et puis tu sais bien que si tu veux me séduire, il vaut mieux miser sur un petit gâteau, non ?

— Toujours aussi gourmande, tu ne changes pas, hein ? Mais je te signale que le café pourrait soulager ta… Mais qu'est-ce qu'il y a ?

— Quoi ?

— Tu m'as l'air agitée. Tu t'es précipitée dehors comme si tu avais perdu l'homme de ta vie. »

Je lui lance un regard oblique et secoue la tête.

« L'homme de ma vie, tu parles ! Ne t'y mets pas toi aussi, d'accord ? Teo est tombé aujourd'hui, je voulais prévenir sa mère. »

Marco ricane.

« Tu crois que c'est une blague ? »

Il hausse les épaules.

« Ne t'en fais pas, Giu. Lui, il ne dira rien, j'en suis sûr. Il lui manque une case. »

Je me retourne brusquement, avec l'envie de l'envoyer sur les roses.

Les mots ont un poids, je me répète.

Moi, je le sais. Mais toi, Marco, est-ce que tu le sais ?

Je décide de ne pas mettre d'huile sur le feu et porte de nouveau mon attention sur la cour où les derniers enfants sont en train de s'éclipser avec leurs parents. Qui sait où est déjà arrivée la voiture de Teo ?

Je me frotte la nuque.

J'ai besoin d'un moment de paix. Caterina passe près de moi et m'adresse un signe cordial. Je lui réponds en murmurant un « merci » et elle mime une bise. Elle s'est complètement décoincée. Heureusement. Puis je croise la silhouette encombrante et sombre de sœur Luisa. Qui n'esquisse pas même un salut.

Pourtant, une sœur, ça devrait avoir une bonne âme, non ?

8

LES MOTS ONT UN POIDS.

Moi je le sais, je le sais. Moi. Je. Le. Sais.

Je suis assise au bord du lit et j'observe la statuette de Télégone sur ma table de nuit. Dans la pénombre de ma chambre, la figurine en bronze semble émettre une présence palpable. Chaque détail de son armure, chaque trait de son visage ciselé me rappelle les vieilles histoires de héros et d'aventures que Daniele aimait me raconter. J'effleure la statue et le froid du métal sous mes doigts déclenche un frisson le long de mon dos. Je respire, laisse échapper un soupir, et mes pensées s'évadent vers les parents de Teo. Je dois leur parler, peut-être demain. En général, le matin il vient avec son père et sa mère le récupère plutôt l'après-midi. Je ne sais pas pourquoi, mais je préfère m'entretenir avec cette dernière.

Lavinia m'écrit un message à cet instant précis. Elle veut savoir comment je vais et si je fête mon anniversaire. Je lui réponds que je n'ai pas l'intention de faire quoi que ce soit, mais, en attendant, les heures passent et Ettore insiste pour organiser quelque chose.

Trente ans.

Un tournant, l'occasion de réfléchir à ce qui a été et ce qui sera.

Wazowski bondit sur le lit et se met en boule près de moi ; ses ronronnements se changent en une agréable mélodie, qui égale presque celle de Pierdavide Carone.

« Est-ce que tu aimes chanter ? »

Il me répond en me fixant de son grand œil unique, du même vert que les yeux de Teo. Je pense de nouveau à l'enfant, à son regard qui me suit, plein de questions silencieuses. Je me promets de chercher à comprendre pleinement son comportement, d'être là pour lui, comme j'aurais voulu l'être pour Daniele.

Peut-être que j'aurais pu…

Je déglutis. Dehors, le vent d'automne fait voltiger les feuilles. Moi, en revanche, je demeure ancrée et je sens peser sur moi le poids des non-dits.

* * *

Ettore, assis sur le banc en bois, chante à tue-tête « New York State of Mind » de Billy Joel et Tony Bennett. Sa voix retentit dans le local avec un mélange de passion et d'imprécision dont j'ai un peu honte.

Mon ami est si têtu qu'il finit toujours par obtenir ce qu'il veut, et sa détermination est un des traits de caractère que j'admire le plus chez lui. Je devrais en prendre de la graine, certaines fois.

Mais c'est tellement plus facile de s'apitoyer sur son sort.

« Arrête, s'il te plaît ! » dis-je avant de boire une gorgée de bière.

Il rit, mais continue à chanter.

« Tu n'aimes pas ? Mince, je chante pourtant bien, non ? »

Et je ris aussi quand il se met à onduler au rythme de la chanson.

« On t'a dit que tu chantais bien, ou tu t'en es convaincu tout seul ?

— Je vois clair dans ton jeu : t'es envieuse, ma belle.

— Et qu'est-ce que je devrais t'envier ? Le procès que va te faire Billy Joel pour avoir massacré sa chanson ? »

Ettore cesse de s'agiter sur la musique et se saisit de son bock de bière.

« Moi, je jouis de la vie.

— Bravo ! je lui rétorque, d'un ton plus amer que je ne l'aurais voulu.

— Et tu devrais en faire autant, bon sang… Dans une heure, tu vas dire adieu à tout jamais à ta jeunesse et t'en auras même pas profité un instant. (Il me pointe du doigt et me fait un clin d'œil.) Réfléchis-y. »

J'y réfléchis. Et je soupire. Heureusement qu'il y a la bière. À minuit, au moment où sonnera l'heure de mes trente ans, je serai suffisamment ivre pour ne pas avoir à trop y penser. Je monte à l'assaut :

« Tu chantes de façon lamentable.

— Et toi, tu te lamentes de façon lamentable. »

Je lui tire la langue.

« Tu vois, on est lamentables tous les deux. Et maintenant ?

— Balle au centre. Maintenant qu'on est d'accord là-dessus, qu'est-ce que tu dirais de nous détendre un peu ? Regarde ce type, là-bas… Qu'est-ce que tu en penses ? » dit-il en me souriant.

Je me retourne discrètement et le vois, tout seul au comptoir, avec un verre plus triste que lui.

« Pas mal, mais il est plus ton genre que le mien. Je te le laisse.

— Excuse-moi, mais c'est quoi mon genre, j'aimerais bien savoir. »

Je hausse les épaules.

« Comme lui : triste, seul, avec une enfance gâchée par des parents trop possessifs et une calvitie qui lui ronge le crâne à grande vitesse. »

Ettore éclate de rire et il pose sa chope sur la table dans un claquement sec.

« Mon Dieu, Freud, sors de ce corps ! »

Je recommence à rire.

Décidément, Ettore est la meilleure thérapie que je connaisse.

« Bravo, si tu avais dit "Jung", tu te serais planté. Lui, il regarde l'avenir, alors que notre bon Sigmund creuse dans le passé. Et… »

Je m'en tiens là, parce que je sens que mes yeux se sont mis à briller et que j'ai un nœud dans la gorge.

« Oh non, j't'en prie ! grommelle Ettore en écartant les bras, désespéré. On ne peut pas passer de ce beau type au comptoir du pub à Freud et resauter à pieds joints dans le précipice, franchement ! Giulia ? »

J'ai envie de pleurer.

« Je suis là, je suis là… Donne-moi juste un moment. »

Ettore se penche vers moi et me prend les mains, en les serrant.

« Quand cette statue me regarde, j'ai l'impression qu'elle me dit que c'est de ma faute.

— La statue te regarde ? reprend-il sur le ton de la plaisanterie.

— Allez…

— Giulia, je te l'ai déjà dit : si cette statuette, que d'ailleurs tu ne devrais pas avoir pour mille raisons légales, te met dans un tel état d'angoisse et ne t'aide pas à surmonter ta douleur… débarrasse-t'en. Je peux m'en occuper, tu le sais. Pourquoi tu persistes à la garder ? »

J'essuie mes larmes, puis j'ébauche un sourire que j'imagine affreux.

« Je n'y arrive pas. C'est… C'est trop tôt.

— Tu crois que c'est ce qu'aurait voulu Daniele ?

— Il aurait voulu que je l'apporte aux Beni Culturali[1]. (Je lève les bras avec un soupir et murmure :) Mais les mots ont un poids. »

Ettore hoche la tête.

« Surtout ceux qui n'ont pas été dits, n'est-ce pas ? »

Inutile que j'ajoute quoi que ce soit. Au bout de la vingtième fois, il a dû se fatiguer lui aussi de m'entendre lui raconter ma dispute avec Daniele, au sujet de notre héritage et de l'importance de cette satanée statuette.

« Tu crois vraiment qu'il faudrait toujours dire aux gens qu'on les aime pour le leur prouver ? »

Je ne souffle mot.

Mais Ettore ne lâche pas le morceau. « Daniele était quelqu'un de fougueux et, parfois, il réagissait de manière impulsive. Une dispute, ça ne change rien, est-ce que tu t'en rends compte ?

— Même si c'est la dernière ? »

Même si, après, il est mort, et que je n'ai pas pu le prendre dans mes bras avec un sourire ?

« Oui, même si c'est la dernière, confirme-t-il.

1. Équivalent de la Direction générale des patrimoines et de l'architecture.

— Je ne réussis pas à surmonter ce drame. Je culpabilise. Si on ne s'était pas disputés, peut-être qu'il aurait roulé plus doucement et…

— Débarrasse-toi de cette statue, Giulia. Tu sais comment je vois les choses, non ?

— Quel rapport ? Je ne saisis pas : tu es sourd ou têtu ?

— Peut-être que je suis têtu, mais tu sais que je suis… sensible à certaines choses, voilà. »

Je ris de nouveau, enfin. « Sensible ? » Je lui donne une petite tape. Ettore a peur même de son ombre, je me demande comment il peut être policier. Il a aussi peur de la légende qui auréole la statue de Télégone qu'un enfant de l'école primaire devant un film d'horreur.

« Trouillard, plutôt.

— Toujours délicate, hein ?

— Directe. »

Le pub dans lequel nous nous trouvons m'entoure de son ambiance chaleureuse. L'odeur du vieux bois s'allie aux notes ambrées de la bière et les rires se mêlent au tintement des verres ; la lumière tamisée des lampes crée de petits reflets sur les bouteilles derrière le comptoir.

« Cette statue n'a rien à voir avec mon mal-être… pas comme tu l'imagines. » Je prends une profonde inspiration, en savourant l'air lourd de souvenirs et de moments partagés. « Elle me rappelle Daniele, bien sûr ; notre dispute, les étreintes que nous ne nous sommes pas données, les mots affectueux qui sont restés en suspens. Elle me rive à tout cela, et il est encore trop tôt pour m'en libérer. Mais quand ce sera le moment, je te la donnerai, c'est promis.

— Eh, non, n'essaie surtout pas. Je suis prêt à t'aider, je te l'ai dit, mais je ne veux pas avoir affaire à cette diablerie étrusque.

— Idiot, les Étrusques n'ont rien à voir là-dedans ! »

Il se cache derrière son bock pour boire une nouvelle gorgée.

« Je ne veux même pas le savoir.

— Je t'ai déjà traité d'idiot, n'est-ce pas ?

— Effectivement. Écoute, tu m'avais promis que, pour un soir, on laisserait de côté les discours cafardeux. Tu peux y arriver pour la prochaine demi-heure ?

— Une demi-heure ? Je veux bien essayer. Mais... est-ce qu'il y a un gâteau pour mon anniversaire ?

— Ça alors, ma chérie, tu as une sacrée mauvaise opinion de ton ami, hein ?

— Tu crois que je peux lui faire confiance ? »

Ettore sourit et son visage trahit son amour inconditionnel.

« Tu le découvriras à minuit.

— S'il n'y a pas de bon gâteau, je te jure que je te refile la statuette !

— Tu es perfide.

— Et moi je t'aime beaucoup.

— Ce n'est pas la peine que je te dise que moi aussi ; tu le sais, n'est-ce pas ? »

J'acquiesce.

« Mais moi, j'ai besoin de le dire.

— Tu as gagné, je t'aime beaucoup aussi, réplique-t-il.

— Alors, va commander deux autres pintes, parce que mon bock pleure misère. »

Une demi-heure, c'est vite passé. Et le temps s'arroge les dernières minutes de mes vingt-neuf ans.

L'alcool anesthésie tout et, pendant un moment, je ne pense plus à Daniele ni à la statuette de Télégone.

Lorsque le gâteau arrive, avec sa petite bougie rose, je suis plus que guillerette, au point de chanter « Happy Birthday to You » avec Ettore et la moitié des gens des tables d'à côté.

Pas un pour chanter juste.

9

Dimanche 8 octobre

La lumière du crépuscule fait flamboyer les ruines antiques de Tusculum, métamorphosant chaque pierre en une relique dorée. Je marche prudemment au milieu des vestiges du vieux théâtre où résonnait autrefois l'écho de la voix des acteurs. Aujourd'hui, il n'y a que le bruissement du vent parmi les chênes séculaires. Je tremble un peu, mais ce n'est pas de froid. Je chevauche un petit mur d'enceinte qui s'est écroulé et mes bottes s'enlisent dans la terre meuble.

Je n'aurais pas dû venir jusqu'ici à une heure si tardive et, qui plus est, toute seule. Je me suis laissé guider par un besoin impérieux. C'est peut-être la nostalgie d'un lien avec le passé, ou la recherche d'une partie de moi désormais perdue. Et le fait qu'ici, quelque part, il y ait une mémoire cachée n'est qu'une excuse. Je vérifie mon app et me mords les lèvres. Le géolocalisateur n'est jamais précis à cent pour cent, mais, en général, les indices sont assez clairs. Quand j'ai téléchargé pour la première fois l'app de geocaching, je n'imaginais pas que ce serait si amusant. Mais, aujourd'hui, je me retrouve ici avec trop de prétextes. Cette antémémoire, ou autre chose ?

L'idée de fouler le sol de Tusculum, avec les ruines pour seule compagnie, me procure une forte sensation d'aventure.

Cette passion me vient sûrement de mon frère Daniele. Dès mon enfance, il m'a toujours raconté des histoires fantastiques avec des trésors et des objets secrets ensevelis sous terre, ou cachés dans les abysses. Il rêvait de devenir archéologue, il a fini par y réussir et par instiller en moi cet amour des vieilles choses. Au fond, creuser dans le passé, c'est comme explorer la vie : chaque découverte, grande ou petite, éclaire un bout de notre chemin, nous aide à comprendre d'où nous venons et, peut-être, où nous allons.

J'éteins l'app. L'antémémoire ne m'intéresse pas, ou du moins pas pour l'instant. J'y retournerai dans un second temps. Maintenant, je suis là avec mes pensées, avec moi-même. Avec Daniele.

L'odeur humide de la végétation en décomposition m'éloigne de mes souvenirs. Je m'immobilise quelques minutes ; je ferme les yeux et je respire à fond, en essayant d'imaginer les voix, les couleurs et la vie qui autrefois animaient ces ruines. Lorsque je les rouvre, la lumière du jour a quasiment disparu, en faisant place à un crépuscule qui enveloppe tout d'un voile de mystérieuse attente. Je longe un sentier hérissé d'herbes hautes, et mes semelles s'enfoncent dans la boue. Il a beaucoup plu ces derniers jours. Je continue à marcher, sans but véritable. Je suis mon instinct, comme je le fais depuis toujours. Brusquement, mon pied heurte quelque chose d'étonnamment résistant. Je me penche pour déplacer l'herbe avec soin. Je ne vois rien, puis j'allume la torche et remarque, affleurant de terre, une sorte d'objet métallique. Je creuse de mes mains, protégées par des gants, et je finis par l'extraire. Il s'agit d'une statuette en bronze, aux détails inouïs, représentant un guerrier. L'armure est ciselée avec une maîtrise qui défie le temps, et le visage, malgré l'érosion, arbore encore un air déterminé. Ce guerrier est doté d'un bouclier décoré de motifs floraux et ses cheveux frisés sont surmontés d'un casque. Je crois qu'il s'agit de Télégone, le fondateur mythique de Tusculum, fils d'Ulysse et de la magicienne Circé. À présent, on dirait qu'il me fixe à travers les siècles, et ses yeux de métal brillent à la lumière de ma torche. Il émane de ce fragment d'histoire une étrange énergie : un pouvoir silencieux qui semble pulser au rythme de mon cœur.

J'enfouis la statuette dans mon sac à dos et je regarde autour de moi, m'attendant presque à ce que quelque chose ou quelqu'un surgisse de l'ombre. Mais il n'y a rien ni personne, seulement le vent qui continue à murmurer parmi les feuilles, comme s'il essayait de me révéler de vieux secrets.

Il est temps de partir !

Je ne veux pas être ici quand l'obscurité se sera emparée du paysage. Tout en m'éloignant, je persiste à me retourner, en direction du lieu où j'ai trouvé la figurine. Je me sens observée, même s'il ne règne que le silence, chargé d'attente, comme si ma découverte avait altéré, d'une certaine façon, un équilibre séculaire.

J'avance rapidement vers ma voiture, ne ralentissant le pas qu'après avoir regagné le sentier éclairé par les réverbères. Je monte dans l'auto, je sors mon portable de ma poche et compose le numéro de mon frère.

« Dani ! Viens tout de suite chez moi ! J'ai quelque chose à te montrer… »

Mardi 7 novembre

J'arrive au Colomba Antonietti avec la tête qui chavire encore au milieu des effluves d'alcool d'un anniversaire par trop fêté, et des souvenirs qui ne cessent de me tourmenter chaque nuit, depuis la tragédie. Le soleil est déjà haut et brille dans le ciel limpide, comme pour me signifier clairement mon retard. Je franchis le seuil de l'institut et le parfum du jasmin qui pousse le long du mur extérieur me fait éternuer ; je traverse ensuite le hall le plus doucement possible.

J'espère que la grande vieille ne m'entendra pas, malgré son ouïe bionique !

Heureusement, tout semble aller comme sur des roulettes et dès que j'entre en classe, je suis accueillie par un chœur de voix joyeuses. Caterina me fait un signe de tête. « Bon anniversaire, Giulia ! dit-elle en s'approchant. Je t'ai couverte… précise-t-elle en indiquant les hauteurs. La mère supérieure ne se doute de rien. »

Je lui fais un sourire complice et je m'apprête à recevoir la horde joyeuse des enfants qui courent vers moi, en agitant chacun une feuille colorée.

« Regarde, maîteeesse, joyeux anniveeeersaire ! » Je m'agenouille et la petite Marta, aux longs cheveux tirant sur le roux, me tend un dessin.

« Oh, merci ! »

J'observe furtivement l'expression de hargne que Marta a attribuée à la religieuse. Mon intuition me dit qu'il s'agit sans doute de la mère supérieure.

Je chasse cette idée et Marta me fait une grosse bise sur la joue.

Je me relève, tout en poursuivant mes réflexions sur l'influence que le milieu peut exercer sur les enfants, et cette bonne sœur, qui dégage une telle sévérité, m'invite à méditer sur la façon dont ces figures d'autorité finissent forcément par imprégner l'imaginaire des petits.

Je suis aussitôt encerclée par les enfants et leurs dessins. Teo, le seul à être resté à l'écart, serre une feuille contre sa poitrine. Mon regard glisse sur son bras, mais il porte un polo à manches longues. Je note, toutefois, qu'il bouge aisément, sans donner l'impression d'avoir mal, et j'en suis rassurée.

Je m'approche. Il hésite un moment, puis, lentement, il me tend son dessin. Je le saisis délicatement et l'examine.

Au premier coup d'œil, je ne vois qu'un guerrier avec un casque et un semblant d'armure. Puis je cerne davantage les détails : le casque encadre un visage juvénile. Sa chevelure est faite de boucles serrées et bien définies lui descendant sur le front. Il porte un bouclier orné d'une grande fleur. Soudain, la coïncidence me frappe.

Est-il possible qu'il s'agisse de Télégone ?

Je repense à la statuette et je tente de me la représenter mentalement. Je revois le détail floral sur le bouclier, un signe distinctif trop particulier pour être fortuit. Il n'y a pas de doutes. C'est bien Télégone.

Comment Teo peut-il connaître la figurine ?

J'ai la sensation qu'un groupe de papillons en acier frappe des ailes sur mon estomac. Je sens les yeux de Teo sur moi, grands et profonds, comme s'il voulait me livrer un secret trop lourd pour ses frêles épaules. Je souris, en m'efforçant de cacher mon trouble. « C'est très beau, Teo, merci. »

Il ne répond que par un signe de tête, puis rive ses yeux au sol. Je décide de placer le dessin dans une pochette, pour pouvoir mieux l'examiner. Et puis, au fond, c'est un cadeau pour moi.

« Bon anniversaire, Giulia », me dit la voix puissante de sœur Germana.

Je la regarde, forte et souriante, et sa présence me rassérène. « Merci.

— Oh, tu verras… c'est le début des problèmes, hein ! Trente ans, c'est pas rien ! »

Je réprime mon impulsion de croiser les doigts pour conjurer le sort, même si je sais qu'elle ne m'en voudrait pas d'avoir conservé un reste de superstition. Caterina me prend gentiment par le bras et échange un regard de connivence avec sœur Germana.

« Viens, nous avons une surprise pour toi, m'apprend-elle en me faisant sortir de la classe. Sœur Germa, peux-tu t'occuper des petits un moment ? »

La sœur claque des talons, tel un soldat.

« J'm'en occupe ! J'm'en occupe ! »

* * *

Sœur Luisa nous attend à l'entrée de la cantine, avec son air sévère habituel. Elle ne dit mot et quand elle m'aperçoit, elle part à l'autre bout de la pièce. Caterina me précède et m'indique une assiette sur la table, où il y a un gâteau au chocolat décoré d'une spirale de chantilly.

« C'est pour moi ? »

Elle enroule une de ses mèches violettes autour de son doigt.

« Bien sûr, Giu.

— Oh, mais c'est que vieillir commence à me plaire ! »

Marco arrive sur ces entrefaites avec, comme de coutume, deux cafés à la main.

« Si c'est toi qui le dis ! (Il s'approche de moi en me souhaitant un "Bon anniversaire Giu" et il me dépose deux baisers un peu trop près des lèvres.) Tu as aimé la surprise ?

— Oh, oui ; si seulement ça pouvait être tous les jours. »

Caterina me décoche un sourire.

« Attention, on va te prendre au mot.

— Allez ! » Je saisis le gâteau et le porte à ma bouche, en laissant éclore la douce et riche saveur, capable de vaincre mes ultimes réticences.

Marco me regarde, appuyé contre le chambranle de la porte.

« Même aujourd'hui, tu ne veux pas de café ? »

Cette fois, je ne peux pas refuser, donc je tends la main.

« Oui, mais alors avec beaucoup de sucre. »

Son sourire s'élargit.

« Il était déjà prêt, dit-il en adoptant une pose étudiée. Je me souviens parfaitement de tes goûts !

— Alors, on n'a qu'à dire qu'à partir d'aujourd'hui, tu peux m'en offrir un tous les jours. (Je lui laisse le temps de déguster cette satisfaction.) Et tu dois aussi m'apporter un petit gâteau. »

Marco croise les doigts.

« Promis ! »

Nous rions tous en chœur. Sauf sœur Luisa. Mais peut-être que d'où elle est, elle n'a rien entendu.

10

Je quitte la cantine avec la saveur sucrée du chocolat sur la langue et une sensation de chaleur qui se répand dans ma poitrine. Les sons se mêlent en une vive mosaïque de voix d'enfants et de pas frénétiques, et la journée de travail reprend. Malgré ce contexte détendu, je ne cesse d'être troublée par une pensée persistante. Je m'efforce de me concentrer sur les activités quotidiennes, mais j'ai l'esprit ailleurs. Teo semble attentif aux mots du conte de fées que je suis en train de lire. Les illustrations captivent aussi son intérêt, mais ses yeux m'évitent, et quand, par inadvertance, ils croisent les miens, ils m'expriment une émotion qui va au-delà de la simple curiosité.

La cloche annonce la fin des cours ; j'accompagne Teo dehors et reste avec lui, le temps que sa mère arrive. J'aperçois peu après sa silhouette élancée qui se découpe dans la lumière. Je lui fais signe d'attendre ; elle installe alors Teo sur son siège, puis ferme la portière d'un geste décidé. Elle se tourne vers moi, avec un sourire en demi-teinte.

Je m'approche, sensible au poids de chacun de mes pas.

« Excusez-moi de vous déranger, madame Pietroboni, dis-je en déglutissant.

— Maggi, s'il vous plaît. Elisa Maggi. »

Je me rends compte que je suis encore une parfaite étrangère pour elle.

« Je voulais vous dire qu'hier Teo est tombé. (Je temporise pour remettre de l'ordre dans mes pensées et dans mes mots.) Je crois qu'il s'est fait mal au bras droit, ajouté-je en essayant de lire une quelconque expression sur son visage.

— Vraiment ? Je ne me suis rendu compte de rien. »

L'air se charge d'un épais silence, troublé seulement par le bruissement des feuilles que le vent agite soudain.

« Oui, il passe son temps à tomber et à se cogner, enchaîne-t-elle. Même à la maison. C'est un tourbillon, il ne reste jamais tranquille. »

Sa voix tremble, aussi fragile que du verre sous pression.

J'ai l'impression de naviguer dans des eaux inconnues, sans carte ni boussole.

« Merci de m'avoir prévenue », dit-elle en me tendant la main à la hâte.

Je la lui serre, d'un geste mécanique, et, en cet instant, je discerne un élément nouveau : un hématome à peine visible sur son poignet aussi, quasiment caché par la manche de sa veste.

Sans me laisser le temps d'intervenir, elle se dirige vers sa Mercedes. Depuis le siège arrière, Teo ne me lâche pas des yeux, et c'est peut-être la première fois depuis que je le connais qu'il ne les détourne pas : ils sont grands comme deux fenêtres ouvertes sur un monde caché et obscur. La voiture démarre et je reste là, immobile, imprégnée d'une sensation d'inquiétude qui m'enveloppe telle une brume froide tombant soudainement et voilant toute certitude.

Quand je rentre chez moi, Wazowski m'accueille avec un doux miaulement. Je le caresse, puis je dépose le dessin de Teo sur la table de nuit, près de la statuette de Télégone. Je m'allonge ensuite sur le divan et m'enroule dans une couverture qui exhale encore un parfum de lavande. Je prends mon portable et compose le numéro d'Ettore.

Il répond à la cinquième sonnerie.

« Miss G., tu m'entends ? »

Je perçois en fond sonore de la musique à plein volume et des bavardages animés.

« Mal. »

Le bruit s'intensifie, puis, brusquement, tout se calme et la voix d'Ettore redevient claire.

« Excuse-moi, j'étais en train de prendre un apéritif.

— Avec qui ?

— Tu te souviens du type qui était au comptoir du pub, hier… »

J'émets un son guttural non identifié.

« Miss G., qu'est-ce que tu crois… Enfin, disons que je suis avec un ami.

— Un ami ?

— En quelque sorte. (Il garde le silence quelques secondes sans intervenir, puis il me demande :) Qu'est-ce qu'il y a ? Tu as une voix bizarre. Tu vas bien ?

— Physiquement, oui. (Je caresse encore Wazowski qui m'a rejointe sur le divan.) Mais tout à l'heure, j'ai parlé à la mère de Teo.

— Le gamin qui fait des dessins bizarres ?

— Oui. (Je toussote.) Je lui ai dit ce que je t'ai raconté hier, puis j'ai vu qu'elle aussi, elle avait un bleu sur le poignet. Il était bien dissimulé, mais je l'ai quand même remarqué. »

Ettore prend une profonde inspiration, si forte que je peux en sentir l'intensité à l'autre bout du fil.

« Et elle, qu'est-ce qu'elle a dit ?

— En fait, rien de spécial… Seulement que Teo est un enfant turbulent et qu'il tombe souvent. Elle n'a même pas demandé à voir où il s'était fait mal. »

Mes préoccupations se déversent rapidement, en une cascade de mots que j'ai étouffés bien trop longtemps.

« Tu crois tout cela… ou tu en es sûre ? dit-il d'un filet de voix, comme s'il hésitait à finir sa phrase.

— Quoi donc ? Tu penses que j'exagère ? le coupé-je, d'un ton légèrement plus vif que je ne l'aurais souhaité.

— Non, non. Je ne voulais pas dire ça. Sauf que, pour ces choses, tu dois faire attention. Parfois, les apparences sont trompeuses… (Il réfléchit un instant à ses propos, puis me suggère :) Tu veux que je passe te chercher ? »

Je ressens une vague de soulagement.

« Oui.

— Donne-moi une demi-heure. »

* * *

Quand je sors de chez moi, le ciel s'est teinté de rose. Ettore m'attend, appuyé contre sa Mini, avec ses cheveux roux qui brillent dans la lumière du crépuscule et sa mince silhouette vêtue d'un blouson en cuir qui lui donne un air de diva. Il porte ses Ray-Ban même quand il n'y a pas de soleil, comme s'il voulait cacher ses pensées derrière ces verres fumés.

« Oh, mais t'as vu du soleil, toi ? »

Il râle et enlève ses lunettes.

« Quand je suis sorti, il y en avait encore. »

Je m'apprête à en rajouter une couche, quand j'avise un homme à proximité. Il fait les cent pas sur le trottoir, son portable collé à l'oreille, et il porte une chemise très ajustée au niveau des pectoraux. Je ne peux m'empêcher de le regarder.

Ettore ricane avec l'expression pleine de ces sous-entendus inconvenants qu'il se plaît à laisser planer.

« Je ne pouvais pas le laisser tout seul, quand même !

— Je n'y crois pas, tu… »

Il me prend dans ses bras et nous nous faisons la bise.

« Je ne suis pas timide, tu le sais bien.

— Tu aurais dû me prévenir, je vous aurais laissés boire votre verre tranquilles et… »

Je cesse de parler au moment où le bel éphèbe s'approche. Il a rangé son portable et me tend la main. Son sourire est éblouissant et, à la place d'Ettore, je n'aurais sûrement pas renoncé à mes plans avec ce garçon pour aller chez ma meilleure amie anxieuse et possessive. Mais Ettore est différent ; il est toujours là pour moi.

« Bonjour, excuse-moi, un appel professionnel urgent. Enchanté, Luciano.

— Ciao ! Aucun problème, je m'appe… »

Ettore m'a devancée dans les présentations, si bien que Luciano prononce mon nom en même temps que moi.

« Et je sais même que c'est ton anniversaire, alors bon anniversaire ! »

Il me serre la main avec un enthousiasme communicatif. Je le remercie d'un sourire.

« Je m'excuse d'avoir écourté votre apéritif. »

Ettore part de son rire solaire, comme toujours, et c'est son ami qui prend la parole :

« C'est à moi de dire "Aucun problème", cette fois. Et puis Ettore a été clair : Giulia a la priorité sur tout et sur tout le monde ; volons à son secours ! »

Luciano a vraiment l'air sympathique ; ce pourrait être le bon, comme ça, au feeling. Ces deux-là semblent s'entendre à merveille. J'envie la facilité et la rapidité avec lesquelles les autres parviennent à se mettre au diapason.

Depuis quand se connaissent-ils : quelques heures, plus le temps d'un verre ?

Alors qu'à les observer, on pourrait facilement croire qu'ils ont établi une véritable relation. Il n'y a que moi qui ne réussisse pas à me lier avec les gens, et encore moins avec moi-même, certains jours.

« Quel tyran cet Ettore, dis-je pour plaisanter, ne te laisse pas trop faire !

— Allons prendre un verre tous ensemble : vu ta tête, ça te fera du bien d'être gentiment pompette. »

Ettore a le don de dégoter un tas de jolis endroits, pour toutes les occasions. Même quand je m'attends juste à un minimarché bengalais, ou à un *phone center* indien, il est capable de dénicher une perle.

L'AperRiGina est à dix minutes de chez moi. Petit espace, avec une musique d'ambiance discrète, géré par Rino et Gina, deux trentenaires quelque peu déconnectés du monde, mais qui échangent juste ce qu'il faut pour assurer un bon service. À notre arrivée, les gonds de la porte grincent légèrement, témoignant d'années de rencontres vespérales et de salutations nocturnes. Les murs sont ornés de vieilles enseignes de bières et de photos en noir et blanc. Nous nous asseyons autour d'une table carrée, en bois foncé et ébréché.

« Ettore me disait que tu avais des problèmes au travail, enchaîne Luciano dès qu'arrivent nos boissons.

— Ettore est une commère !

— Comme tu y vas, réplique mon ami en riant.

— Je n'ai pas de problèmes. Disons que je suis inquiète. »

Luciano se penche en avant et sourit.

« De l'inquiétude aux problèmes, il n'y a qu'un pas, non ?

— Oh, mais tu me stresses, là.

— N'y prête pas attention, déclare Ettore en levant ses deux mains. Il travaille avec les morts et donc il pense que les choses finissent toujours mal. Je crois que c'est une question de business.

— Avec les morts ? »

Luciano sirote son spritz à la paille et opine du chef.

« Il faut bien que quelqu'un le fasse.

— Il est tara quelque chose, poursuit Ettore.

— Thanatopracteur, spécifie Luciano. Je sais, on dirait un virelangue. Mes patients n'arrivent jamais à le dire correctement. »

Je le regarde fixement et me rends compte que j'ai compris son trait d'esprit à retardement.

Il continue. « À cause du *rigor mortis*, j'imagine. »

Nous pouffons alors de rire avec Ettore.

Ils passent les cinq minutes suivantes à me convaincre que c'est son véritable emploi. Et moi je passe cinq autres minutes à comprendre la nature de cette profession, parce que je ne me suis jamais demandé comment s'appelaient les « visagistes des morts ».

« Écoute, Giu, me dit Ettore redevenu soudain sérieux. Pour cette histoire, en toute sincérité… qu'est-ce que tu en penses ?

— Je ne sais pas ; qu'est-ce que tu me conseilles, toi ? Tu es certes policier, mais j'ignore si tu peux faire quelque chose pour moi, enfin pour Teo.

— Je vais voir ça. (Il gesticule plus que d'habitude.) S'il y a un mineur en jeu et de graves accusations, ce ne sera pas facile.

— Mon Dieu ! s'exclame Luciano. Cette histoire, ça me fait froid dans le dos. »

Une mélodie de jazz s'insinue un instant dans la conversation.

« Je vais tâcher de lui prêter davantage attention les prochains jours et, de ton côté, tu te renseignes sur les démarches envisageables. »

Ettore finit son verre et le pose à l'écart.

« Je vais solliciter l'aide de collègues plus experts que moi sur la question des violences faites aux enfants.

— Quelque chose de discret, je lui précise à voix basse.

— Évidemment. On ne peut pas y aller franco. Pas tout de suite, du moins.

— Teo est si doux et si… tourmenté.

— Tourmenté ? s'enquiert Luciano.

— Un enfant de quatre… cinq ans ? enchaîne Ettore.

— Quatre. Mais si tu voyais ses yeux, tellement doux et si mélancoliques. Et la puissance de ses dessins. (Je leur montre la chair de poule qui vient d'apparaître sur mon bras.) Teo est spécial. C'est un enfant craintif, très isolé dans le groupe et qui n'interagit jamais avec les autres. Et il voit des choses que les autres enfants ne remarquent pas.

— Ne t'implique pas plus que de raison hein ?

— Non, Ettore, non. Mais il y a quelque chose de bizarre ; ça, je le ressens.

— Là où se trouvent des bonnes sœurs, il y a forcément quelque chose de bizarre. Et attention à la doyenne ! »

Il me fait rire et la discussion retrouve sa légèreté. Être avec Ettore est toujours un bon remède.

Deux heures plus tard, ils me raccompagnent chez moi. Mon ami me dit au revoir en me faisant un clin d'œil.

« Amusez-vous bien ! leur dis-je en les saluant.

— Compte sur nous ! » réplique Luciano.

Immobilisé devant la fenêtre, ce petit monstre de Wazowski m'a déjà entendue arriver. Il a un seul œil, mais il voit le monde bien mieux que moi. Parfois je voudrais être un chat.

Si j'étais Wazowski, tout serait tellement plus simple.

11

Mercredi 8 novembre

Le bleu pâle du ciel laisse présager une journée tranquille. Je me livre à l'air frais de l'automne, qui emporte avec lui la fragrance des feuilles humides. Il me caresse le visage pendant que je parcours le hall, où le bruit de mes pas se mêle au bruissement de la vie qui se réveille au Colomba Antonietti. La lumière du matin filtre à travers les hautes fenêtres, en créant des jeux d'ombres qui virevoltent sur les murs couverts de vieilles couches de peinture. J'aperçois rapidement la figure austère de mère Benedetta qui vient vers moi. Il émane de son regard pénétrant et de ses mains jointes une sensation de solennité qui impose le respect.

« Bonjour, Mère », lui dis-je en m'arrêtant, et avec un sourire empreint de déférence.

Elle me scrute de ses yeux attentifs, légèrement clos, comme si elle essayait de lire dans mes pensées.

« Bonjour, Giulia. Comment vas-tu ? »

Je sens une légère tension s'emparer de moi, mais je garde le sourire.

« Je vais bien, merci. Et vous ? »

La mère supérieure hoche lentement la tête, le visage serti de son voile noir qui souligne la pâleur de ses joues.

« Fort bien, merci. Cela me fait plaisir de voir que tu trouves peu à peu tes marques. Comment cela s'est passé hier ? »

Ses mots sont lents, mesurés ; on dirait qu'ils pénètrent les choses par-delà leur surface.

Un léger frisson de nervosité me saisit.

« Cela s'est bien passé. Les enfants sont fantastiques, vous le savez.

— J'en suis heureuse, répond-elle sur un ton qui respire un calme profond. Je pensais aussi à ton anniversaire. »

J'essaie de répliquer, mais les mots restent bloqués dans ma bouche.

« Giulia, j'espère que tu réussiras à garder ton enthousiasme. Mais sache que nous accordons beaucoup d'importance à la ponctualité. »

Je perçois son reproche en filigrane. La férocité voilée des religieuses m'a toujours effrayée et désorientée. Et leur gentillesse, parfois, ne parvient pas à masquer la sévérité tapie dans leurs yeux. Je m'efforce toutefois de garder le sourire.

« Je ferai de mon mieux. »

Elle opine du chef, puis pose sa main sur mon bras dans un geste à la fois de compréhension et d'avertissement.

« Fort bien. Nous comptons sur ta dédition. Maintenant vas-y, les enfants t'attendent.

— Merci, Mère », lui dis-je en m'inclinant légèrement.

Elle n'ajoute rien d'autre et continue son chemin.

Prise en flagrant délit. La grande vieille a encore mis dans le mille !

Aujourd'hui, c'est le jour de l'atelier de peinture et de dessin. Dès que j'entre dans la classe, les bavardages des enfants m'enrobent de leur chaleur comme une couverture moelleuse. Teo est concentré devant sa feuille blanche. Emma, la fillette aux tresses blondes, s'accroche avec affection à ma jambe droite. Luca, le petit frisé, à celle de gauche. Devant moi, il y a aussi Sofia, dont les très longs cils ressemblent à des ailes de papillon lorsqu'elle cligne des paupières.

« Bonjour, Giulia. (C'est par ces mots que m'accueille Caterina en enroulant de nouveau une mèche de cheveux violets autour de son doigt.) Nous avons une surprise pour toi. »

Avant que j'aie pu poser une question, Lavinia entre dans la salle de classe. Elle porte un jean et un ample T-shirt à fleurs qui ondule à chacun de ses pas. Ses yeux bleus brillent d'une lumière nouvelle, presque éthérée.

« Ciao, Giu ! s'écrie-t-elle en s'approchant d'un pas décidé. Excuse-moi pour mon absence hier, mais je me suis fait pardonner… » déclare-t-elle en frôlant le bout de son nez.

La curiosité m'envahit.

Lavinia s'arrête devant moi, le visage illuminé par un sourire contagieux.

« À partir d'aujourd'hui, chaque jour, un des enfants préparera un petit gâteau pour toi avec sœur Luisa.

— Vraiment ? »

Elle fait un signe d'assentiment et son sourire s'élargit.

« Aujourd'hui, c'est Teo qui confectionnera le petit gâteau. (Elle tend la main à l'enfant.) Et maintenant, allons-y. »

Elle me fait un clin d'œil et elle s'en va, en emmenant Teo.

Environ une heure et demie plus tard, ils reviennent en classe. J'observe que Teo a toujours son air craintif. Il s'approche de moi d'un pas timide, en serrant une assiette des deux mains. Le doux parfum épicé flotte autour de lui, se mêlant à l'odeur de la gouache fraîche. Je lève le regard un instant, puis il me tend l'assiette avec un muffin au chocolat décoré de vermicelles colorés.

« Merci beaucoup, dis-je en prenant le gâteau et en le humant légèrement. C'est toi qui l'as fait ? »

Teo acquiesce.

« Bonjour à tous ! » À ma grande surprise, j'entends derrière moi la voix de Marco qui résonne joyeusement tandis qu'il entre dans la classe avec deux cafés fumants. « Giulia, voilà pour toi, comme d'habitude. »

Je prends mon verre et la chaleur se répand dans mes doigts, en réveillant chacun de mes nerfs.

« Merci. Mais il faut te faire soigner ; quelle obsession, ce café !

— Je sais, me répond-il, appuyé contre le bord du bureau, en me décochant un sourire éclatant. Mais le café est plus qu'une simple boisson. C'est un art, c'est une science, une culture. Le choix des grains, la mouture, la température de l'eau… (Je ne lui ai jamais vu une telle émotion sur le visage. Il reprend son souffle :) Chaque détail peut influencer le résultat final. Sais-tu par exemple que le café arabica a un plus haut degré d'acidité et un arôme plus complexe que le mélange robusta, qui a au contraire un corps plus rond et une plus grande quantité de caféine ? Et puis la torréfaction peut exalter certaines notes aromatiques, comme le chocolat, les fruits des bois, ou même les épices et…

— Marco ! Mais qu'est-ce que tu me fais, là ? Un séminaire sur le café ? » lui dis-je en lui coupant la parole.

Il rit de bon cœur.

« D'accord, d'accord, j'arrête, déclare-t-il en écartant les mains en un geste de reddition. Oh, mais que vois-je ? Un petit gâteau un peu spécial ?

— C'est Teo qui l'a fait, avec sœur Luisa, répond cette fois Lavinia.

— Bravo, Teo ! (Marco lève un pouce approbateur qui fait sourire l'enfant.) Et toi, Giulia, comment tu vas ?

— Bien. Même franchement bien, je dirais ! Je bois une gorgée de café et je savoure le goût amer qui se marie avec la fragrance du chocolat. »

Marco regarde Lavinia, sans avoir l'air de m'écouter.

« Mais tu sais ce que j'ai remarqué ? Que tu ressembles drôlement à Luisa… Vous seriez pas sœurs, par hasard ? Vous avez un peu le même nez. Et les mêmes yeux ! »

Lavinia secoue la tête.

« Enfin ! Sœur Luisa est vieille…

— Mais qu'est-ce que tu racontes ? Vous avez le même âge il me semble. »

J'interviens en précisant :

« Elle doit avoir une dizaine d'années de plus que nous.

— D'accord. En tout cas, Lavinia et elle ont exactement la même couleur d'yeux », insiste Marco en soulevant son café comme s'il portait un toast.

Je souris et mords dans mon muffin. Son amertume s'explique peut-être par un ingrédient qui a été mal mélangé, ou par le manque de sucre.

Ça vaut mieux !

« Teo, ce muffin est délicieux. Tu l'as vraiment bien réussi ! »

Il ne dit mot et retourne à sa feuille de dessin, comme s'il avait une tâche plus importante à accomplir.

« Contente que tu l'aies apprécié. Et ce n'est que le début, déclare Lavinia, appuyée sur le bureau.

— On dirait une menace. »

Elle se dirige vers la porte, tout en visant mes hanches.

« Une menace pour ta ligne ! »

Ce qui nous fait rire en chœur.

Une dizaine de minutes plus tard, Teo s'approche, tête baissée, en serrant dans sa main une feuille qu'il me tend avec délicatesse.

Teo s'est représenté avec deux femmes. L'une devrait être sœur Luisa ; quant à l'autre, il s'agit sans doute de Lavinia. Ils sont en train de préparer le gâteau ensemble. Leurs silhouettes sont entourées de cœurs et de petites fleurs. Au-dessus d'eux plane Buddy, le dragon, qui surveille la scène attentivement.

J'effleure doucement le dessin, que je mets de côté. « Merci, Teo. Je suis vraiment gâtée aujourd'hui. » L'enfant s'éloigne, les joues légèrement rougies. Un voile de préoccupations semble l'avoir recouvert.

Au cours des heures suivantes, les enfants demeurent absorbés dans leurs activités, leurs petites têtes penchées sur leurs feuilles pleines de couleurs ou sur leurs constructions. Ils sont tous étrangement silencieux, comme si une paix insolite était descendue sur la classe, en les enveloppant d'une mante de tranquillité. Je profite de cette sérénité inattendue pour me détendre l'esprit en observant les rayons de soleil qui filtrent par les fenêtres et dessinent des motifs enchevêtrés de lumière sur le sol. Le son léger des crayons qui frôlent le papier et le bruissement des pages créent une douce symphonie, une

musique de fond qui berce mes pensées. Mon regard s'arrête un instant sur Sofia, avec ses très longs cils qui ondoient tandis qu'elle s'applique à colorier la page.

Tout à coup, Teo fait tomber par terre un crayon qui roule jusqu'à mes pieds. Lorsqu'il se penche pour le ramasser, son T-shirt se soulève légèrement en révélant une grosse ecchymose violacée sur son dos. Cette vision me fait l'effet d'un coup de poing dans l'estomac. Je m'approche prudemment, pour ne pas l'alarmer.

« Alors, Teo, est-ce que tout va bien ? »

Il adopte une expression où se mêlent surprise et crainte. Il ne souffle mot.

« Si tu as besoin de quelque chose, ou s'il y a quelque chose qui te fait peur, tu peux m'en parler, d'accord ? »

Teo acquiesce, mais son regard fuit le mien et il retourne rapidement au dessin qu'il était en train de finir. Tandis que je me dirige vers le bureau, mon esprit est en proie à un tourbillon de réflexions et de questions. La paix apparente de la classe semble à présent une bulle fragile qui cache en filigrane des spectres inquiétants. Je serre les poings pour m'ancrer à la réalité et je sens mes doigts trembler. Je m'efforce de demeurer lucide, mais l'angoisse me saisit et brouille mes pensées et ma vue.

12

Lorsque je rentre chez moi, je ferme la porte d'un coup sec, comme si je voulais laisser la moindre pensée à l'extérieur. L'air est encore empli de l'arôme du café matinal et Wazowski m'accueille avec un léger miaulement, en rivant sur moi son œil unique et curieux.

« Ciao, minou, lui dis-je en caressant sa petite tête lisse. J'ai eu une longue journée, tu sais. » Je vais dans ma chambre et je sors de mon sac le dessin de Teo, puis je le pose sur la table de nuit, près de la statuette de Télégone et d'un autre dessin de lui. J'enfile un survêtement confortable ; je m'assois sur le divan et me sens oppressée. Comme si une main invisible me serrait le cœur. Puis une sensation de fatigue s'empare de moi et je plonge dans un sommeil profond et inattendu.

Le bruit de la sonnette me fait sursauter.

Je me lève.

Je vacille.

Je retrouve l'équilibre et me dirige vers la porte. Je l'ouvre : c'est Ettore.

« Miss G., dit-il en entrant, et son parfum poudré se mêle à l'odeur familière de ma maison.

— Bonjour, Ettore, tout va bien ?

— C'est plutôt à toi qu'il faudrait demander ça. J'ai essayé de t'appeler une dizaine de fois, dit-il en enlevant ses Ray-Ban et en me dévisageant de ses yeux marron. On croirait que… (Il inspire fortement et se passe l'index sous le nez.) T'as sniffé, ou quoi ?

— Mais qu'est-ce que tu racontes ? (Je joue les vexées.) Comme si j'allais commencer à me droguer à trente ans !

— Et pourquoi pas, après tout ? »

Je soupire et je tremble soudain de froid. J'ai la chair de poule et ma peau ressemble à un lac parcouru d'un souffle de vent glacé. Je lui fais signe d'attendre, le temps d'aller chercher mon peignoir en polaire noire dans ma chambre.

« Tu es sûre que ça va ?

— Oui, oui. Et toi ?

— Disons que… »

Je remarque qu'il fixe, depuis le pas de la porte, la statuette de Télégone posée sur ma table de nuit.

« J'ai parlé de Teo à certains de mes collègues. Il faudra du temps pour obtenir des réponses. Je ne te promets rien, mais je ferai de mon mieux. »

Je ressens un léger soulagement.

« Figure-toi qu'aujourd'hui, je lui ai vu d'autres bleus. »

Il secoue la tête.

« Plus étendus. Sur le dos, ou plutôt le bas du dos. »

Il retient un juron. Je sens que cette affaire l'affecte tout autant que moi. Puis il change brutalement de sujet :

« Et qu'est-ce que tu penses de Luciano ? Tu as bien accroché avec lui ?

— Oui, il a l'air sympa. On dirait que vous vous entendez bien, tous les deux. »

Ettore fait un signe vague de la main, mais ses yeux sont malicieux.

« Je ne sais pas encore. Il y a quelque chose en lui… d'intéressant, je dirais. »

Il porte de nouveau son attention sur ma table de chevet et redevient sérieux. « À propos de la statuette de Télégone, j'ai lu quelque chose d'inquiétant, hier, sur Internet. Il paraît que toute personne qui la possède est destinée à subir les pires tourments tant qu'elle n'en décèle pas la véritable signification. Comme une malédiction.

Je secoue la tête et retourne au salon.

« Allez, arrête avec ces histoires. C'est juste un morceau de bronze, rien de plus. »

Il sourit, mais il y a une lueur dans ses yeux que je ne parviens pas à déchiffrer. Au moment où nous nous asseyons sur le divan, son visage s'assombrit.

« G., nous devons parler de Daniele. Tu sais ce que je pense… »

Je sens des cristaux de glace se disséminer sous ma peau.

« Mais arrête, à la fin ! (J'entends ma voix résonner dans la pièce.) Mon frère est mort à cause de moi ! »

Je respire plus fort et l'air inonde mes poumons, comme le vent s'engouffrant dans une grotte vide.

« Et, s'il te plaît, ne recommence pas. Je comprends ton intention, mais ça suffit ! »

Il secoue la tête.

« Ce n'est pas ce que tu crois. Ce matin, au travail, je me suis replongé dans le dossier de l'accident. J'ai passé en revue toutes les photos. (Il marque une pause et laisse son regard errer parmi les plis du divan.) Voilà, j'ai remarqué une éraflure sur le côté gauche de la Ducati Monster de ton frère qui n'est pas compatible avec la reconstitution officielle des faits. »

Ses mots sont comme des balles acérées qui me perforent l'esprit.

« Ça suffit. Daniele est mort à cause de moi. »

Il me regarde, plein de compréhension.

« G… Loin de moi l'idée de te faire souffrir, mais je crois vraiment que…

— Non, lui dis-je dans un souffle de voix. Je ne veux plus en parler ! »

Il soupire et son regard inquiet se heurte au mien.

« D'accord, cède-t-il. Sache que je serai toujours là. Pour n'importe quoi. Je ne t'embête pas plus longtemps. »

Il quitte la pièce et me laisse en proie à la tristesse et au doute.

Le bourdonnement du réfrigérateur et les ronronnements de Wazowski brisent le silence qui a envahi la maison. Je prends mon portable sur la table de nuit et je cherche les derniers posts de Daniele sur Instagram. Une photo le montre sur sa Ducati Monster 821, noire comme de l'encre de seiche, le visage souriant, sur un fond de ciel menaçant. Elle a été prise la veille de la tragédie. J'examine pour la énième fois cette image, en sachant sur quels détails m'attarder. Le côté gauche de la moto est intact. Aucune trace de l'éraflure visible dans la photo du dossier.

Je me glace au fur et à mesure que les questions commencent à se bousculer dans ma tête. Chaque pensée est comme un dard venimeux. Il est possible que mon frère ait heurté autre chose. Un objet, une branche ? Et pourtant, d'après le rapport de la police, la moto, dans sa chute, n'a glissé sur l'asphalte que sur le côté droit. La partie gauche n'aurait donc pas dû être abîmée. Je reprends la photo en main ; le sourire de Daniele semble défier le temps et l'espace. Les larmes me montent aux yeux.

« Daniele… »

J'enfonce mon visage dans un coussin et y pleure à gros sanglots. Dehors, le vent forcit. Les battements de mon cœur s'accélèrent et chaque inspiration me coûte un effort supplémentaire. Je me lève. Je fais les cent pas. J'ouvre la fenêtre et laisse entrer l'air frais de la nuit. Le parfum de la terre humide me remplit les poumons, sans parvenir pour autant à calmer l'anxiété qui m'étreint la poitrine.

« Peut-être qu'Ettore a raison », dis-je à voix basse.

La présence de la statuette de Télégone m'oppresse, ses yeux me fixent, me pénètrent. Le bronze brille davantage avec la lumière du soir. Je reprends mon portable et me concentre de nouveau sur la photo de Daniele, en tâchant de saisir le moindre élément capable de m'apporter une réponse.

La vérité, parfois, semble si proche, alors qu'elle demeure toujours aussi fuyante. Je serre mon téléphone avec force, puis du bout de mes doigts tremblants, je fais défiler les numéros, à la recherche de celui d'Ettore.

« G., qu'est-ce qu'il t'arrive ? me demande-t-il dès la première sonnerie.

— La photo. »

Je me bloque. Chaque pulsation de mon cœur est un coup de marteau contre une plaque de verre.

« J'ai regardé une photo que Daniele a postée sur Instagram la veille de son accident, dis-je en reprenant mon souffle. La Ducati n'a pas cette éraflure. C'est toi qui as raison, il y a quelque chose qui ne tourne pas rond. »

Ettore soupire.

« Effectivement. Nous irons jusqu'au bout de cette histoire. Je te le promets ! »

* * *

La nuit semble ne jamais devoir finir ; les minutes se dilatent en heures sous la lune lugubre. Mon esprit ne parvient pas à trouver la paix ; chaque pensée est une tempête qui m'emporte, chaque ombre une énigme qui me lance un défi. Une détonation soudaine lacère le silence. Le tintement des vitres me fait sursauter. Je me retourne brusquement vers la table de nuit ; la première chose que je discerne est le dessin de Teo, qui lui aussi, me fixe. Heureusement, Buddy est là. Il me protège. Puis je m'aperçois que la statuette de Télégone est tombée par terre. Je la ramasse. Le bronze est glacé sous mes doigts. Un frisson me traverse au moment où je remarque quelque chose d'étrange. Une petite inscription, que je n'avais encore jamais détectée, gravée à la base de la statuette : *Noli me tangere.*

Je me recouche. L'oreiller a pris la dureté d'un rocher sous ma tête, les couvertures m'étreignent, je suffoque. Nulle échappatoire. Mes visions et mes rêves s'entretissent en une danse chaotique d'images fragmentées et de visages altérés. Wazowski remue sous les draps. Ses ronronnements bruissent constamment, un rythme rassurant au milieu des tourments qui me submergent. Une ombre s'étire sur le plafond, une forme indistincte et mouvante obéissant à sa propre injonction. Je me raidis, mon cœur résonne dans mes oreilles comme un tambour en proie à la folie. Puis je me relève, guidée par une force qui me dépasse.

« Qui est là ? » Ma voix n'est qu'un chuchotement qui défaille et se perd dans l'obscurité.

Pas de réponse.

Seul le silence emplit la pièce. À travers la fenêtre, la lune jette une lueur spectrale sur la statuette. Le bronze scintille comme s'il était vivant. Je relis l'inscription gravée qui apparaît miraculeusement éclairée par l'astre de nuit : *Noli me tangere*.

« Ne me touche pas… » dis-je dans un murmure, en répétant les mots tel un sortilège brisé. Un sifflement qui s'insinue dans mes oreilles, un son rampant qui paraît jaillir de chaque angle de la pièce.

Noli me tangere !

Je me retourne brusquement, en cherchant l'origine de ce bruit, mais ne vois rien. Sinon le vide et l'obscurité qui m'entourent.

Je m'approche de la fenêtre pour respirer et tenter de retrouver mon calme. L'air froid de la nuit me soulage et me ramène dans l'instant présent.

Wazowski sent que sa maîtresse déraille, alors il s'approche et se blottit contre moi. Sa chaleur et ses ronronnements sont une mélodie rassurante. Je murmure « Reste avec moi, petit… », en caressant sa tête.

Une odeur acide se répand dans l'air ; une senteur âcre, qui envahit mes narines. Elle semble venir de la cuisine. Rien d'anormal sur le plan de travail. Mais lorsque j'ouvre le placard sous l'évier, je découvre une bouteille renversée dont le contenu foncé goutte sur le sol en exhalant une odeur forte, presque nauséabonde, comme un poison invisible qui s'instillerait dans mes poumons.

Qu'est-ce que c'est que ça ? me dis-je en m'approchant prudemment. Je suis saisie d'un léger étourdissement ; le monde ondule sous mes pieds. Je m'agrippe au bord de l'évier pour ne pas tomber.

Wazowski me suit à la trace, tout aussi intrigué. Je l'éloigne délicatement, mon cœur bat la chamade. « Ne t'approche pas, petit… »

Noli me tangere !

Ce bruit qui recommence. Et cette odeur fétide qui me monte à la tête. Je referme le placard d'un coup sec. Je m'en occuperai plus tard. Je retourne dans ma chambre et me dirige péniblement vers mon lit. Chaque pas charrie un poids insupportable. Je me blottis sous les couvertures avec Wazowski lové contre moi.

Noli me tangere !

Mon esprit se noie dans les ténèbres. La dernière chose que je vois est le sourire inquiétant de Télégone qui semble s'animer, prêt à révéler les obscurs secrets de la nuit.

13

Dimanche 8 octobre

« *REGARDE CE QUE J'AI TROUVÉ !* » *J'entends ma propre voix, au comble de l'excitation.*

Daniele s'approche, les yeux noirs, débordants de curiosité. Il passe une main sur son crâne rasé et me dévisage.

« Où est-ce que tu l'as trouvée ?

— Dans les ruines de Tusculum. (Je susurre ces mots, sous l'effet de la stupeur.) C'est… C'est Télégone, j'en suis sûre. Regarde les détails, l'armure, le visage. »

Il jette un coup d'œil furtif, puis il s'approche du placard mural ; il l'ouvre et en sort une bouteille de whisky. La boisson dorée glisse dans le verre, aussi luisante qu'un ambre fluide.

« Nous devons l'apporter aux Beni Culturali. C'est un fragment d'histoire.

— Dani, nous pouvons la vendre. Il y en a qui seraient prêts à mettre une somme plutôt rondelette pour une chose pareille. »

Les sourcils de Daniele se rapprochent en une grimace de désapprobation.

« La vendre ? Giulia, ça, c'est de l'histoire. On ne peut pas la brader pour en retirer de l'argent. »

Je m'approche de la table et pose la statuette entre nous. Les reflets de la lampe s'agitent sur le bronze.

« On a besoin de cet argent. On est dans une situation difficile. »

Daniele secoue la tête et se verse un second whisky.

« Ce n'est pas bien. Cette statuette appartient à notre culture. On ne peut pas penser qu'à l'argent. »

Ce désaccord est loin d'être le seul entre nous. Il s'ajoute à une liste déjà longue.

« Et si ça n'intéressait pas les Beni Culturali ? Et s'ils ne nous donnaient pas un sou ? »

Daniele pose son verre d'un coup sec sur la table.

« Il ne s'agit pas d'argent. Il s'agit d'éthique. »

La pièce semble rétrécir ; les murs se rapprochent, se font oppressants.

« Essaie de te projeter. Cet argent pourrait nous aider de tellement de façons. »

Il soulève la statuette, sur laquelle se reflète la clarté de la lampe.

« On ne peut pas la vendre comme un objet quelconque. »

Mon esprit s'embrume et le monde commence à devenir flou.

« Dani, s'il te plaît… »

Brusquement, la silhouette de Daniele se déforme, s'allonge et son visage s'assombrit tandis que les yeux de Télégone semblent émettre un éclat particulier.

« Giulia… » réplique Daniele, d'une voix profonde. Caverneuse. « Il faut protéger l'histoire, il faut protéger notre culture. »

Un lointain écho.

Noli me tangere.

Mes jambes se mettent soudain à flageoler et je m'agrippe à la table pour ne pas tomber.

« Nous avons besoin de cet argent ! »

Il s'approche et sa figure se dissout et se recompose comme le reflet d'une eau agitée, qui serpente et se brise en mille fragments liquides.

« On ne peut pas vendre notre âme pour de l'argent, Giulia. Cette statuette est la clé… la clé d'un passé qui ne doit pas être oublié. »

Les mots se mêlent aux bruits ambiants et à la silhouette massive de mon frère ; un maelström de sons et d'images qui m'entraîne toujours plus bas.

« Dani… » Mon murmure se perd dans le néant.

Puis l'image de Daniele se désagrège dans l'obscurité, et, un instant plus tard, la pièce est envahie d'ombres mouvantes. Seul le bronze de la statuette de Télégone continue à resplendir, sémaphore dans les ténèbres de la nuit.

Jeudi 9 novembre

Je me réveille en sursaut, les réminiscences de mes cauchemars encore piégées entre mes cils. Ma poitrine semble un volcan en éruption et chaque respiration une coulée de lave qui me brûle les poumons. Je me lève avec difficulté, en cherchant à m'orienter dans l'obscurité de la chambre. Seule la présence familière de Wazowski, qui s'étire sur mon lit, me ramène à la réalité. « Je suis ici, mon petit », murmuré-je en lui caressant la tête.

Je me tourne vers Télégone, posé sur les dessins de Teo que j'ai laissés sur ma table de chevet. Je prends celui qui représente la statuette et j'avise un élément différent. Un détail que je n'avais pas encore remarqué.

Derrière l'armure de Télégone se détache une ombre qui m'apparaît menaçante sans que je puisse l'expliquer. *Serais-je en train de devenir folle ?* J'essaie de chasser ces pensées et me concentre sur la figurine. Je la soulève à nouveau et la renverse. Il n'y a rien.

Noli me tangere.

L'inscription que j'ai vue cette nuit semble avoir disparu, avalée par l'obscurité ou par mon imagination. J'effleure le cuivre du bout du doigt, mais je ne sens rien, même pas une légère entaille. L'angoisse m'assaille. Je prends mon portable pour regarder l'heure.

Il est 9 heures.

Je suis en retard.

Mince !

Je me lève d'un bond et me précipite dans la salle de bains. L'eau froide du lavabo achève de me réveiller, avec ses gouttes qui pénètrent dans mes pores comme des aiguilles de glace. Je retourne dans ma chambre. « Wazowski, aujourd'hui, il faut qu'on se dépêche, hein ? »

Il me répond par un miaulement discret, avant de sauter du lit. J'enfile mon pantalon à toute vitesse, je récupère un T-shirt propre dans l'armoire et passe un sweat, sans me soucier de mon apparence.

La cuisine est un affreux méli-mélo de vaisselle sale et de miettes. Je récupère la tasse de la veille au soir et j'avale une gorgée de café froid qui me tire brutalement de ma torpeur. Wazowski s'approche de son écuelle où je lui verse des croquettes d'une main tremblante ; le bruit des grains crépite sur le métal tels des grêlons sur le toit d'une vieille maison.

« Toi aussi tu dois rester tranquille, d'accord ? lui dis-je en essayant de sourire. Aujourd'hui, ce sera une longue journée. »

Je mets mon sac en bandoulière et me dirige vers la porte. Wazowski me suit du regard ; sa queue bouge tout doucement, avec la lenteur d'une plume.

« On se revoit tout à l'heure. Promis. »

Je sors de chez moi. Je reçois en plein visage la gifle froide du matin. Je cours vers ma voiture, en écrasant sous mes pieds les feuilles humides qui jonchent la rue. Je me glisse dans l'habitacle et je démarre.

Espérons que la grande vieille ne se rendra compte de rien !

Ce matin, le Colomba Antonietti m'apparaît comme un îlot de calme au sein de la ville déjà frénétique. Je me gare rapidement et me hâte vers l'entrée. Les voix des enfants résonnent dans les couloirs ; c'est un chœur de rires et de bavardages qui emplit l'air. Je m'arrête un instant, le souffle court. Le couloir des ombres paraît aujourd'hui plus étroit : un boyau obscur qui me menace de son étau implacable. Je détourne le regard ; je me dirige vers la partie opposée et vois Lavinia s'approcher. Ses yeux bleus brillent dans la lumière matinale. Elle arbore un léger sourire. Elle porte une jupe longue et un ample pull blanc, tout doux.

« Ciao, Giu. En forme, ce matin ? » me demande-t-elle, la tête légèrement penchée sur le côté.

J'essaie de répondre par un sourire, mais mes muscles sont tendus.

« Petite panne de réveil, mais oui, ça va. »

Elle me scrute avec attention.

« Tu es sûre ? Tu as une de ces têtes… »

J'opine du chef, en essayant de donner le change.

« Oui, j'ai eu une nuit un peu agitée, mais rien de grave.

— Si tu as besoin de parler, tu le sais, je suis là. Toujours. »

Je parviens finalement à sourire de façon plus sincère.

« Merci, Lavi, j'ai beaucoup de chance de t'avoir. »

Tandis que nous nous séparons, je regarde le soleil qui entre par les fenêtres et dessine des bandes dorées sur le sol, des sortes de sentiers lumineux qui me guident vers ma salle de classe.

Dès mon arrivée, je trouve sœur Germana en pleine prière. « Au nom du Père, du Fils et du Saint-Esprit. » Elle fait le signe de croix et les enfants l'imitent, sans grande coordination. Puis elle me dévisage et me presse vigoureusement le bras avant de sortir. Caterina vient à ma rencontre, avec ses cheveux rouge et violet coiffés en une haute queue-de-cheval qui remue joyeusement. Elle porte un jean et un T-shirt vert avec un grand soleil imprimé devant.

« Ciao, Giu. Comment tu vas ? » me demande-t-elle avec un sourire empreint d'inquiétude.

Je tente d'afficher un air détendu.

« Je vais bien, merci. Juste un peu pressée, ce matin. »

Caterina fait un signe d'assentiment, mais sans se départir de son appréhension.

« Tu en es certaine ? »

Je soupire, en laissant tomber mon sac sur la table.

« Quelques cauchemars… Merci, Cate. »

Je me retourne, vois Sofia courir vers moi, ses cheveux châtains attachés, et battre de ses très longs cils. « Ciao, maîtresse Giulia ! »

Je lui caresse une joue, puis je reporte mon attention sur les élèves concentrés sur leurs dessins. Les crayons de couleur voltigent sous leurs mains. Je remarque ensuite Teo, à l'écart, comme à l'accoutumée. Je m'approche et m'agenouille pour me mettre à sa hauteur. « Comment vas-tu, Teo ? »

Il lève son regard et me fixe avec une intensité désarmante. Puis il se remet à dessiner sans souffler mot.

Je me dirige vers mon bureau et repense à la nuit passée, à mon rêve, à la statuette de Télégone et à cette mystérieuse inscription. Je repense à Daniele, au fait que l'accident de moto ne se soit peut-être pas produit à cause de moi, comme je le croyais. Et je pense aussi à Teo. Difficile de déceler d'autres bleus alors qu'il est habillé. Je cherche ainsi à me concentrer sur le présent, sur les enfants, sur leur monde simple et bariolé.

Teo s'apprête à terminer son dessin.

Il s'y est représenté à nouveau à la cantine en train de préparer le petit gâteau. Mais, dans cette version, tout est plus confus et inquiétant. Un adulte, peut-être sœur Luisa, mais sans son habit de religieuse, est en train de terminer la pâtisserie avec un air fâché. Teo, le visage triste, est attaqué par une figure qu'il a gribouillée. Le fidèle Buddy vole au-dessus et essaie de le protéger.

« Teo, qui est ce personnage ? » Je lui indique la silhouette humaine qu'il a griffonnée sur la gauche.

Il s'immobilise un instant, le crayon suspendu en l'air.

« Il ne veut pas que moi heureux. »

Il murmure ces mots d'une voix tremblante.

« Buddy est fort et il arrivera à gagner… et toi aussi. »

Il acquiesce, mais ses yeux sont rivés sur la feuille, comme s'il cherchait une issue pour fuir un monde obscur qu'il est seul à percevoir. Les lignes qui sortent du four demeurent un mystère…

C'est peut-être de la fumée, me dis-je.

L'activité touche à sa fin. Pendant que j'aide les enfants à ranger leurs peintures et leurs jeux, la porte s'ouvre tout doucement, en laissant entrer un souffle d'air frais. Marco surgit avec son sourire radieux et ses cheveux coiffés-décoiffés. Il tient dans ses mains le café fumant et une boîte ornée d'un ruban bleu.

« Ciao, Giulia ! (La gaieté de sa voix me met du baume au cœur). J'ai apporté le café et le petit gâteau. Aujourd'hui, c'est Sofia qui l'a préparé, avec l'aide de sœur Luisa. »

Je souris, en accueillant le café chaud entre mes mains.

« Merci, Marco. »

J'en bois une gorgée, puis je prends la pâtisserie, qui est une véritable œuvre d'art : une pâte moelleuse, couverte d'un glaçage brillant couleur ivoire et décoré de délicats pétales en sucre bleu. Je respire son doux parfum de vanille et de miel. Marco s'assoit près de moi. Je sens qu'il porte son attention sur moi.

« Tu vas bien ?

— Oui, oui. (Je mords dans le gâteau et j'avale la dernière gorgée de café.) Oh, il est vraiment délicieux ! (Je cherche Sofia des yeux et je remarque qu'elle a caché sa tête derrière Tommaso.) Un grand bravo, cheffe Sofia. »

Quelques enfants répètent le mot « cheffe » en riant.

Je me mets moi aussi à rire, puis je me concentre sur la succulence du gâteau : la crème légère révèle une note d'agrume et un arrière-goût imperceptiblement amer qui se marie à la perfection avec le sucré du glaçage. Un équilibre idéal qui titille le palais. Je m'essuie les lèvres avec un mouchoir et adresse un sourire à Marco, qui observe la scène, satisfait.

Précisément à cet instant, la porte s'ouvre de nouveau et sœur Germana entre d'un pas décidé, le visage étonnamment grave et sérieux. « Giulia, la mère supérieure veut te parler. C'est urgent ! »

14

Le couloir des ombres m'enserre de son étau implacable. Il me comprime comme un boa, avec les murs qui se rétrécissent autour de moi, comme pour m'étouffer. À chaque pas, j'ai la sensation de m'enfoncer dans un marécage ténébreux, où l'obscurité m'entraîne vers l'inconnu. Les lumières vacillantes sont des feux follets qui sautillent, moqueurs, en me guidant vers l'abîme. Je m'arrête devant la porte de la mère supérieure. Je prends une profonde inspiration et je frappe.

« Entrez ! » assène de l'autre côté la voix froide et déterminée de mère Benedetta. Elle est assise à sa table de travail, son visage ridé éclairé par un rayon de soleil qui pénètre par les volets entrouverts.

« Bonjour, Mère », dis-je en essayant de garder une voix ferme, même si des tremblements s'infiltrent dans mes mots. J'avance, tout en observant les étagères derrière son bureau qui présentent un assemblage de petites statuettes. Je reconnais saint François en train de parler aux oiseaux et sainte Thérèse d'Avila en extase.

« Giulia, commence-t-elle d'un ton glacial. (Ses yeux me percent avec sévérité.) Tu es arrivée en retard. De nouveau. »

Je reste debout, puisque, de toute évidence, elle ne m'a pas invitée à m'asseoir. Je hoche la tête.

« Je vous prie de m'excuser, Mère. J'ai eu une nuit difficile et… »

Elle lève une main pour m'interrompre.

« Ce n'est pas la première fois, Giulia. Ton comportement devient inacceptable. Tu es une éducatrice de cet institut. Les enfants et nous tous comptons sur toi. »

Je sens mon visage rougir de gêne et de honte.

« Je suis désolée, vraiment. Je ferai de mon mieux pour… »

Elle me coupe de nouveau :

« Cela ne suffit pas de faire de son mieux. (Sa voix est aussi tranchante qu'une lame effilée.) La discipline est fondamentale, ici. Si tu as des problèmes, tu dois m'en parler. »

Je baisse la tête et je sens les larmes me monter aux yeux.

« Non, Mère. Je veillerai à ce que cela ne se produise plus. »

Elle me dévisage encore un moment, puis elle opine légèrement du chef.

« Je suis proche de toi, vu ce qui est arrivé, et je prie pour ta famille. Je sais que c'est une période difficile et si tu as besoin de quelques jours, je peux te les accorder. »

Je me concentre sur un objet du bureau pour ne pas perdre la face. Là, devant moi, se trouve un chapelet en nacre, enroulé autour des mains d'une statue de la Vierge. Des bougies votives diffusent de doux effluves de cire brûlée. Les flammes s'animent et, pendant un instant, elles semblent s'allonger vers moi, tels des doigts maigres essayant de m'attraper.

« Non, Mère. Je n'en ai pas besoin.

— Bien. Alors retourne auprès des enfants et arrange-toi pour que la journée continue sans autres incidents, conclut-elle d'un ton inflexible.

— Oui, Mère. Merci. »

Tandis que je m'apprête à saisir la poignée, le monde se corrode autour de moi. Les murs de la pièce deviennent liquides et me coulent dessus. Je me tourne : la silhouette de mère Benedetta se distend, forme une figure sombre aux yeux brillants braqués sur moi. Je secoue la tête pour me libérer de cette vision. Les murs redeviennent normaux, mais mon anxiété persiste. Je sors. Le couloir des ombres m'apparaît désormais plus long et plus étroit, avec ses faibles lueurs qui projettent des silhouettes menaçantes sur les murs. Je regarde en arrière et j'ai l'impression qu'un esprit est en train de me suivre. Je le vois : il a une armure, un casque et un bouclier. C'est Télégone.

Noli me tangere !

Les mots résonnent dans le couloir, murmurés par une voix familière et distante. Elle semble provenir d'un rêve oublié. C'est la voix de Daniele.

Je m'arrête, à bout de souffle. Sur les murs, on croirait les ombres vivantes ; elles se tordent et s'étirent, pleines de menaces. À chaque pas, je m'enlise dans un marais d'incertitudes.

Bien qu'il n'y ait rien autour de moi, la litanie reprend : *Noli me tangere !*

Soudain, un éclair de lumière traverse le corridor. Il illumine furtivement une figure aux yeux rouges qui vrille le noir. Revoilà Télégone. Je tremble, comme si un être invisible m'avait touchée.

Noli me tangere !

Ne me touche pas !

La voix se fait plus forte, plus insistante.

J'accélère le pas, je cours presque, pour m'éloigner de cet esprit qui me poursuit. Chaque respiration est un halètement, chaque avancée, une plongée dans l'inconnu. Les ombres sur les murs se prolongent vers moi, comme pour me saisir et m'entraîner dans leurs gouffres insondables.

« Giulia… » Un murmure près de mon oreille, glacé comme le souffle du vent d'hiver.

Je me retourne brusquement, mais il n'y a personne. Seulement le couloir obscur et vide, les lumières tremblotantes, les ombres mouvantes. Ma respiration est un râle suffoqué. Je ferme les yeux, je tente de chasser ce sentiment d'être observée par quelque chose venu du fond des âges.

Lorsque je les rouvre quelques instants plus tard, le couloir est devenu plus lumineux et les ombres ont disparu. J'inspire au maximum et l'écho de ces mots se dissout lentement, mais mon inquiétude continue à ramper sous ma peau. Il me faut respirer un peu d'air frais avant de rentrer en classe. Même dehors le fantôme de Télégone ne me lâche pas. Je m'efforce de passer outre, mais je sais que cette phrase, que ces mots continueront à bruire en moi. Je redoute la folie qui s'empare de tout mon être, prête à me submerger.

15

La nuit assombrit brusquement le salon, comme si le rideau était tombé sur la scène de ma vie. Les ténèbres s'infiltrent dans les recoins de la pièce, en me recouvrant d'un manteau de soie noire. Les contours des objets s'estompent et deviennent les ballerines d'un tableau impressionniste, tandis que les ombres s'allongent, tels les doigts d'un géant. Je vérifie l'heure sur l'horloge murale. Ettore m'a appelée une heure plus tôt en me disant qu'il arriverait sous peu. En attendant, je m'emmitoufle sous le plaid, en quête d'un réconfort que je ne parviens pas à trouver. Je m'enfonce dans le divan, les jambes repliées. Wazowski s'approche de moi et se love sur l'accoudoir. Ma tête pulse comme un tambour et le bruit assaille mes tempes : une sensation courante, depuis quelques jours. Le parfum du thé à la vanille, provenant de la cuisine, flotte dans l'air en m'apportant une note familière, au milieu de ce chaos. Pendant que je me verse une tasse de thé, j'entends frapper à la porte. J'ouvre et je vois Ettore, avec sa veste noire trempée et ses cheveux qui gouttent.

« Alors, miss G., dit-il en s'ébrouant. Tout va bien ? »

Soudain, la pluie s'intensifie.

« Entre donc. Veux-tu une tasse de thé ? »

Il me fait signe que non. Je me mets sur le côté pour le laisser entrer.

« Bon, allons droit au but, j'ai découvert d'autres choses sur l'accident de Daniele », déclare-t-il en refermant la porte.

Ses yeux luisent d'une détermination féroce.

Je m'assieds et serre la tasse de thé entre mes mains ; cette chaleur me rassure.

« Je t'écoute.

— J'ai trouvé deux témoins qui n'ont jamais été convoqués pour des IST par mes collègues. Je veux leur parler.

— Des IST ? »

Il lève la main en guise d'excuse : « "Informations sommaires de témoins".

— Attends, il y a donc deux témoins ? »

Il acquiesce.

« Et pourquoi n'ont-ils pas été auditionnés ? »

Ettore secoue la tête et une expression de frustration lui sillonne le visage.

« J'aimerais bien le savoir…

— Quelque chose m'échappe. Ces témoins, d'où sortent-ils ? Ils n'étaient pas inscrits dans le procès-verbal ? »

Ettore tire de sa poche une feuille de papier froissée.

« Non ; j'ai découvert leurs noms en lisant certains posts sur les réseaux sociaux. Des discussions sur l'accident de Daniele ; des commentaires qui disaient en savoir plus que les infos publiques et que personne n'avait voulu écouter. Un des témoins travaille dans une station essence, l'autre est le propriétaire du bar que fréquentait Daniele. »

Un lointain coup de tonnerre retentit dans la pièce. Wazowski se met aux aguets, puis se lèche une patte avec un soin méticuleux.

« OK. Et qu'est-ce que tu comptes faire ?

— Je les ai déjà contactés. Je veux entendre leur version et comprendre pourquoi ils n'ont pas été sollicités en tant que détenteurs d'IST. »

La pluie à présent bat contre la vitre de la fenêtre – un son hypnotique qui se répand dans la pièce.

« Tu veux qu'on y aille ensemble ? »

Je lui pose la question en caressant mon chat dont je sens sous mes doigts la douceur du pelage.

Ettore fait un signe d'assentiment, résolu.

« Oui, mais on y va demain, et mieux vaut nous préparer. Tu m'inquiètes, tu sais. Tu n'as vraiment pas l'air en forme. »

Je devance ce qu'il va me dire :

« Ne recommence pas avec cette histoire…

— Au contraire, je tiens à recommencer, rétorque-t-il en croisant les bras. Cette statuette est en train de te créer des problèmes. Regarde, tu as les pupilles complètement dilatées. Il faut nous en débarrasser. Pourquoi est-ce que tu ne veux plus la vendre ? »

Je prends une profonde inspiration.

« Parce que c'est comme si, maintenant, elle avait un lien avec mon frère. Et puis Daniele n'aurait jamais voulu.

— Alors, apporte-la aux Beni Culturali, conclut-il en s'approchant de moi et en me prenant les mains. Fais ce que tu veux, mais il faut que tu t'en libères. »

J'opine du chef et ajoute :

« Ah, j'oubliais. Le jour même de l'accident, Daniele, avant de sortir, a téléphoné à un de ses vieux professeurs. Un archéologue. Je crois qu'il s'appelle Ambrogio.

— Parle à cet Ambrogio, ou à qui que ce soit, mais trouve le moyen de t'en débarrasser. (Il me serre les mains et sa chaleur est comme une bouée dans le cyclone qui va bientôt m'engloutir.) Fais-moi confiance. »

16

L'AIR EST DENSE.

Un manteau d'humidité m'enveloppe. Ma respiration absorbe et repousse les brumes épaisses d'une aube sans lumière. Les draps me collent à la peau et me clouent au lit. Une odeur âcre.

Étrangère.

Inquiétante.

Pénètre dans mes narines. Celle de la terre mouillée.

Non !

C'est quelque chose d'amer, comme de très vieilles racines dérangées par une pluie incessante. Je me retourne, à la recherche d'une position confortable dans les draps qui s'entortillent autour de moi.

Dans l'obscurité, les traits de Wazowski se distordent. Son œil unique s'agrandit, devient un gouffre obscur, sa pupille dilatée absorbe tout. Son corps s'allonge, les ténèbres l'envahissent et le transforment en un démon qui rampe vers moi.

Non, ce n'est pas possible !

Sur les murs, je vois les couleurs s'estomper en un théâtre d'ombres. Elles luisent avant de muter dans des tons sinistres ; je reconnais Buddy, le dragon, qui se contorsionne en une sombre silhouette. Puis j'aperçois le visage de Teo qui se fond avec celui de mon frère. Ce sont deux esprits perdus dans le tourbillon d'un souvenir trop lointain. Une ecchymose apparaît soudain sur le bras de Teo. Elle se répand comme de l'encre sur un papier buvard.

Elle s'élargit.

Une tache foncée dans une marée montante que je ne parviens pas à endiguer et qui forme une inscription : Noli me tangere. *Je tends une main pour interrompre ce flux, mais j'effleure le vide.*

Des mains traversent les images comme si c'était de la brume.

Je regarde vers la table de nuit.

La statuette de Télégone émerge du noir, enfle jusqu'à devenir un monolithe de bronze qui trône de sa présence menaçante. L'armure et chaque élément gravé se chargent d'une accusation silencieuse.

Noli me tangere.

Les yeux de la figurine me scrutent, emplis d'un désespoir prégnant qui vient du fond des âges.

« Giulia », me susurre une voix. Un souffle, peut-être le mien, peut-être celui de quelqu'un d'autre. Qui se répercute partout. C'est un écho dénué d'origine qui déroute, désoriente.

J'essaie de m'éloigner. Je me lève, mais chaque pas m'est une torture. Le sol forme une boue qui me retient, m'aspire. L'air s'épaissit, devient pâteux. Il me comprime le thorax, m'oppresse les poumons.

J'ouvre une fenêtre pour respirer un peu. À la lueur de l'aube, je vois le ciel qui n'est plus qu'un tourbillon de nuages entremêlés, générant des formes hostiles. Des rais de lumière fendent rapidement l'obscurité, éclairent les visages qui fluctuent au milieu de la bourrasque. Je reconnais de nouveau mon frère Daniele, Teo, Marco, Ettore, Lavinia. Puis d'autres enfants paraissent, muets, avec leurs yeux trop grands qui épient. D'un angle obscur émerge le père de Teo. Sa silhouette est altérée ; je ne le reconnais qu'à sa veste et à sa cravate. Une violence froide et calculée transpire de son visage. Il lève la main en un geste brusque et le bruit d'une gifle retentit entre les murs comme le fracas d'un coup de tonnerre. Teo se retire, le bleu sur son bras s'étale telle de l'encre foncée sur une feuille blanche. Une autre figure émerge du brouillard : c'est la mère supérieure. Démoniaque. Ses yeux luisent d'un rouge flamboyant et sa bouche se tord en un rictus cruel. Elle s'approche de moi, ses mots sont un sifflement qui me fige le sang.

« Ton comportement devient inacceptable. »

Je referme la fenêtre d'un geste rapide et j'entends un cri déchirant qui lacère le silence de la nuit. Je me bouche les oreilles, mais le cri m'emplit le crâne, s'enfonce dans mon esprit. Vibre jusque dans mes os.

Il résonne sans fin.

Puis une lumière irradie du centre de ma chambre et m'aveugle. Je ferme les yeux juste avant qu'elle explose en mille étincelles lumineuses qui disparaissent dans le néant.

Vendredi 10 novembre

Je me réveille en sursaut. Ma respiration est une plainte.

Brève.

Haletante.

Dehors, la pluie tambourine contre les vitres ; un rythme régulier qui devrait me rassurer, mais qui, maintenant, ne me paraît qu'un autre chœur menaçant dans la pénombre. Les draps froids forment un nœud de serpents et mon pyjama colle à mon corps en sueur. La première lueur de l'aube laisse filtrer par les fenêtres une lumière pâle, qui ne parvient pas à alléger l'atmosphère.

Mes rêves étaient une tempête et je pressens que cela ne s'arrêtera pas de sitôt.

La journée au Colomba Antonietti se déroule comme à l'accoutumée avec les enfants, et la pause gâteau – une sorte de profiterole, préparée cette fois par Mirco, le petit brun – apporte un peu de légèreté.

Et puis le dessin de Teo, de plus en plus inquiétant.

Teo a dessiné une adulte qui ressemble à sœur Luisa, toujours sans son habit de religieuse. Elle se tient debout à côté d'une fillette, probablement Sofia. Devant elles, comme s'il les contrôlait, Télégone, mais cette fois dans une pose que je ne lui ai pas encore vue : il paraît plus attentif, tel un gardien. Sur le côté droit de la feuille, je remarque des traits épais qui semblent sortir de la porte, telle une plante rampante, ou des flammes. Cela m'inquiète. Ses dessins se chargent de plus en plus d'éléments angoissants. Comment puis-je aider cet enfant ?

* * *

Sur le chemin du retour, je tente de faire un point sur la situation. Ce travail m'aide à reprendre pied avec la vie, malgré les visions qui me tourmentent. La joie des enfants est contagieuse, elle me réconforte, mais requiert beaucoup d'énergie, une condition que, ces jours-ci, je ne parviens vraiment pas à satisfaire. Il faut que je réussisse à me détendre. Ma collègue Caterina me propose de prendre un apéritif avec elle à la sortie des cours.

« Allez, ce sera notre petit moment entre adultes ! me dit-elle. Tu as l'air fatiguée.

— Je dors mal, lui dis-je.

— Est-ce récent, ce problème de sommeil ? » me demande-t-elle.

Je secoue la tête, tandis qu'un très jeune serveur nous dépose un coupon avec le QR Code de la carte.

« À vrai dire, oui ; ça fait déjà quelques jours. »

Caterina tente de détendre l'atmosphère et me sourit en prenant une pose de personnage de manga.

« C'est difficile de travailler avec les enfants. Et nous avons de lourdes responsabilités. La charge mentale de notre métier échappe complètement aux gens.

— Hmm, tu crois que c'est à cause du stress dû au travail ?

— Si tu dors mal, c'est parce que tu es perturbée, affirme-t-elle. Il y a quelque chose qui a changé, dernièrement, dans ta vie, à part ton nouvel emploi ? »

Noli me tangere, me dis-je. Je pense à Daniele. *Ne me touche pas.*

Surtout ne pas aborder ce thème.

Quelqu'un de sensé lui répondrait : « J'ai perdu mon frère il y a à peine plus d'un mois et je me sens terriblement coupable à l'idée d'avoir causé sa mort. » Alors que moi, je fais signe que non.

« Tu crois que cette horde d'enfants ne suffit pas ? »

Nous rions de concert, puis nous passons à la commande. Je n'ai pas très faim et j'ai soudainement la tête qui tourne et une sensation de brûlure à l'estomac. Je pose ma main sur mon ventre. Ma collègue le remarque et me taquine.

« Je ne sais pas ce qu'ils ont tous à vouloir te faire avaler ces petits gâteaux, mais le mieux qu'il puisse t'arriver, c'est de prendre quelques kilos. Moi, je grossis rien qu'à te regarder ! Et puis le fait que sœur Luisa doive cuisiner précisément pour toi, après ce qu'on m'a raconté, ça me fait rire.

— Et qui t'a parlé de nos problèmes ?

— Lavinia. »

Je soupire.

« Méfie-toi : peut-être qu'elle va en profiter pour t'empoisonner ! » conclut-elle, trop sérieuse pour l'être vraiment.

Je m'apprête à répliquer quand une nouvelle crampe à l'estomac me fait taire. Je grimace alors que le serveur arrive à cet instant avec deux assiettes de charcuterie, fromages et friture qu'il a beaucoup de mal à tenir toutes les deux. L'odeur de la nourriture me soulève le cœur, mais je m'oblige à avaler quelque chose. Je ne voudrais pas faire de la peine à Caterina qui m'a invitée très gentiment. Nous poursuivons nos échanges tandis qu'elle se restaure avec gourmandise.

« Ça fait des années que je n'avais mangé un *supplì*[1] au fromage et au poivre en milieu d'après-midi. »

Puis elle entreprend de me parler à bâtons rompus d'un homme avec qui elle entretient une relation qui lui semble solide. Elle tient à lui, c'est évident.

« Eh bien, je suis impatiente de le rencontrer », dis-je pour maintenir les apparences.

Mais mon esprit divague et je sens un malaise monter. J'entends la voix de Caterina au loin tandis que des flashs m'aveuglent : les visions se succèdent à un rythme infernal : Daniele, la statuette de Télégone, la moto accidentée, Buddy, l'œil perçant de sœur Luisa, la main froide de la doyenne qui me tapote le dos en me murmurant de filer droit.

« Giulia ? »

Il faut que je me secoue, mais c'est au-dessus de mes forces.

« Excuse-moi, je...

— Tu n'as pas l'air dans ton assiette.

— Non, j'ai des crampes à l'estomac, et, tu as raison, je ne me sens pas dans mon état normal.

— Pas de café, alors ? »

Mais qu'ont-ils tous avec le café !

« Non, merci, j'ai ma dose, avec tous ceux que me fait boire Marco.

— Ah, mais tu lui plais ! C'est une tactique de rapprochement comme une autre... »

Je réponds par un rire nerveux.

« Le passé est le passé.

— Tu veux dire que toi et...

— C'est du passé. »

---

1. Croquettes de riz, typiques de la gastronomie romaine.

Il n'est pas aisé de suivre la conversation, surtout dans mon état d'étourdissement, alors je lui fais part de mon besoin de me reposer un peu avant mon prochain rendez-vous, qui a lieu non loin d'ici. Je dois retrouver Ettore et les deux témoins, mais elle n'a pas besoin de le savoir.

« Allez, je file, juste le temps de prendre une douche éclair, et puis...

— Giordano ! » dis-je en finissant sa phrase.

Caterina sourit et rougit.

Le serveur surgit littéralement derrière elle. *Comme dans le dessin de la statue de Teo*, me dis-je. Comme l'ombre du remords qui m'étouffe.

Daniele.

Noli me tangere.

Sa moto. Les mots d'Ettore, les témoins non auditionnés.

Nous payons.

Une nouvelle crampe se déclenche brutalement. Si puissante que je me penche en avant et vomis.

Caterina m'aide comme elle peut, mais nous sommes vite dépassées par le serveur qui grommelle d'une voix perçante : « Ce n'est pas moi qui vais nettoyer ça, n'est-ce pas ? » Sans attendre une réponse, il poursuit, d'un ton agacé : « Eh, c'est pas la peine de boire si on tient pas l'alcool. »

Imbécile, me dis-je en mon for intérieur.

Et déjà j'ai l'impression d'aller mieux.

* * *

Le rendez-vous avec Ettore a été fixé à 8 heures du soir, devant le bar des Artistes. Le vent souffle en rafales si violentes que je peine à me déplacer et arrive au point de rendez-vous avec une dizaine de minutes de retard, le visage quelque peu anesthésié par le froid. Ettore m'attend dehors, appuyé contre le mur en briques près de la vitrine du café ; la lumière du spot accentue ses reflets roux.

« Excuse-moi pour le retard », lui dis-je dans un filet de voix.

Il se décale pour me faire de la place sous l'auvent qui précède l'entrée.

« Ciao, miss G., prête ? Allons-y doucement. Je connais le propriétaire, il s'appelle Claudio Franciosi. J'ai bon espoir que nous puissions échanger. Pas de précipitation, d'accord ?

— OK », lui dis-je à voix basse.

Claudio nous accueille derrière le comptoir. Il est en train d'essuyer un verre avec un torchon élimé. Ses grandes mains bougent avec une lenteur cérémoniale. Il est exactement comme sur la photo de son profil Facebook.

« Bonsoir, je m'appelle Giulia Martelli. Je suis la sœur de Daniele Martelli. (Je laisse les mots flotter quelques secondes dans l'air.) J'ai lu tes posts sur Facebook concernant l'accident. Est-ce qu'on peut se parler ? »

Ettore se tient à mes côtés.

« Bien sûr », répond-il.

Son ton est hésitant. Je perçois une ombre qui glisse le long du mur derrière lui. L'apparition d'un nouveau spectre qui remue et serpente vers moi. Je me frotte les yeux, en essayant de me concentrer sur les mots du barman, mais ce spectre s'allonge et revêt la forme d'un homme grand et maigre, avec le visage dissimulé sous une capuche.

« Giulia, tu te sens bien ? » Les paroles lointaines d'Ettore me ramènent à la réalité.

J'opine du chef et le spectre disparaît aussi rapidement qu'il est apparu. Je tente de reprendre la conversation :

« Bref, je disais que nous avions lu sur Facebook tes posts sur l'accident de mon frère… »

Il m'interrompt d'un geste, comme pour arrêter mes mots en plein vol. Il passe une main sur son crâne rasé, puis prend appui sur le comptoir.

« Je me doutais que vous vous manifesteriez. Oui, j'ai écrit sur Daniele, c'est vrai. Et j'ai dit la même chose à la police quand elle est venue, deux jours après que j'ai rédigé ce post.

— Donc la police vous a interrogé ? » intervient Ettore, en posant ses coudes sur le comptoir.

Claudio acquiesce et se remet à essuyer un verre comme si ce geste répétitif lui procurait un soulagement.

« Et je leur ai dit ce que je savais : que Daniele était quelqu'un de bien, qu'il venait ici de temps à autre. Mais ce que j'ai écrit sur Facebook… c'était exagéré. Je voulais seulement aider. Je pensais pouvoir me rendre utile, et je n'ai fait qu'empirer les choses. Je n'étais pas là au moment de l'accident. Je suis passé après, quand c'était trop tard… »

Ces mots me piquent telles des épines de ronce et me privent de tout espoir. Je sens mon cœur chavirer tandis que la chaleur du bar se fait oppressante.

« Donc, vous ne savez rien ? Rien de concret ? »

Ma voix n'est plus qu'un filet qui vacille sous le contrecoup de la frustration.

Je remarque une profonde compassion dans le regard de Claudio.

« Je voulais seulement susciter un peu d'attention, attirer peut-être quelques clients en plus… Je ne pensais pas que… »

Ettore décide de mettre fin à la discussion. Nous perdons notre temps, c'est évident. La déception qui pèse sur mes épaules m'enfonce de plus en plus à chaque pas. M'entraîne toujours plus bas.

Dehors, le froid semble avoir redoublé de vigueur. Ettore me prend dans ses bras pour me réconforter, mais cela ne me suffit plus.

Je suis murée dans un labyrinthe sans issue.

17

La commune de Frascati est plongée dans le noir. Seules les lumières des réverbères animent les environs. Vue d'ici, Rome ressemble à une toile percée de points lumineux. Je rejoins la voiture garée sur la route panoramique ; je monte à bord et tourne la clé. Le vrombissement du moteur, qui résonne fortement dans la nuit, fait écho à ma désillusion. Je remonte la route en lacet ; comme je la parcours tous les jours, je conduis telle une marionnette actionnée par des fils invisibles. Les phares lacèrent l'obscurité, éclairant les arbres au bord de la chaussée. Chaque virage semble cacher des secrets, chaque ombre pourrait celer une histoire. Brusquement, je vois un homme surgir de la végétation qui borde la route. Grand, robuste, il porte un imperméable et il a le visage couvert d'une capuche.

Mais qu'est-ce que…

Il avance vers moi, hésitant, puis il s'immobilise au milieu de l'asphalte, juste devant le capot de ma voiture.

Il se retourne, me scrute, et ses yeux se transforment en cercles qui s'agrandissent inexorablement.

Je freine.

Ma voiture glisse et poursuit sa course.

Trop tard !

Mon cœur cesse momentanément de battre.

Je ferme les yeux et me prépare au choc.

Rien !

Il ne se produit rien.

La voiture s'arrête.

Pas de fracas.

Pas de heurt.

Lorsque je rouvre les yeux, il n'y a personne. Je vérifie dans le rétroviseur et ne vois que la route vide. Les plaques d'égout scintillent sous la lumière des réverbères et agissent comme des miroirs déformants.

Calme-toi, merde !

Je respire et j'écoute le vent qui murmure comme s'il psalmodiait des prières antiques.

Heureusement qu'il ne s'est rien passé.

Je dois rentrer chez moi.

Le plus vite possible.

Je reprends le volant en tâchant de faire le vide, pendant que la route se déroule devant moi tel un serpent de pierre. Les tournants me semblent à présent des fantômes dansant sous le halo intermittent des lampadaires.

J'y suis presque.

À cet instant précisément, une autre lueur retient mon attention. Il me faut un moment pour comprendre de quoi il s'agit. C'est une figure humaine. Une figure humaine que je reconnais : sœur Luisa. Elle se tient au bord de la route et l'intensité spectrale de son regard bleu perfore la nuit. Je la fixe, incapable de détourner mes yeux. J'amorce le virage, mais la voiture dérape comme si elle patinait sur une flaque d'huile. Le volant tourne à toute vitesse dans mes mains pendant que les pneus crissent sur le goudron mouillé. Un son aigu, comme le cri d'un animal blessé. Le monde devient un tourbillon de lumières floues et de sons ouatés, un carrousel vertigineux qui me fait perdre le sens de l'orientation.

Un choc.

Un son métallique.

La voiture s'arrête brutalement.

Le froid de la vitre contre ma joue. La pluie est devenue un fin chuchotement.

Je vais bien.

Je n'ai rien.

J'éprouve une légère douleur à la tempe.

J'ai la bouche sèche.

J'ai soif !

Je vérifie que personne n'arrive et je descends de l'auto. Le pare-chocs est cabossé, plié contre le parapet. Je ne vois pas d'autres dégâts, mais je suis transie.

Je remonte dans la voiture et tourne la clé. Le vrombissement du moteur n'a rien perdu de sa force.

Tout va bien...

Je fais marche arrière et je m'écarte de la glissière de sécurité. Les tôles émettent un bruit strident en s'en détachant. Je me gare ensuite sur le bas-côté. Je fouille dans mon sac pour extirper mon portable. Je compose le numéro d'Ettore.

« Ettore. J'ai eu un accident. Rien de grave, la voiture non plus... c'est-à-dire, euh, bon, elle a redémarré.

— Ne bouge pas, j'arrive tout de suite.

— Je vais rentrer à la maison tout doucement. On se retrouve chez moi.

— Entendu. »

Je lui raccroche au nez. Je suis hébétée et reste assise un moment, le front appuyé contre le volant. Je respire pour chasser de ma tête l'image fantomatique de sœur Luisa. Et celle aussi de l'homme à l'imperméable.

Qui était-ce ?

Peut-être est-ce simplement un caprice de mon esprit qui fait fi des frontières entre la réalité et l'imagination, et les traverse comme des brumes.

Le trajet vers la maison est un lent retour à la normalité. Je me gare devant le portillon rouillé et regarde ma maison, forme familière et rassurante dans la solitude du paysage. Dès que je mets les pieds sous le porche, j'aperçois Ettore qui m'attend. Il me serre fort dans ses bras. Cette étreinte me donne l'impression d'un refuge, d'un port sûr, où les mots sont superflus. Wazowski nous accueille en se frottant contre nos jambes avec un miaulement qui exprime une demande d'attention.

Je raconte en détail mes visions à Ettore, puis l'accident. Et il m'offre de rester à mes côtés pour la nuit. L'idée de ne pas être seule me met du baume au cœur. Je me blottis contre lui. Ettore me propose de voir un film. Ce sera *Le Grand Lebowski*, un film culte pour Ettore, une découverte pour moi.

Je me retourne pour le regarder, le visage éclairé par la lumière de l'appareil. « Je ne peux pas croire que cette soirée se soit déroulée de cette manière… » Sur l'écran, le Duc discute vivement au bowling sans que je parvienne vraiment à le suivre. La soirée est un échec cuisant. « D'abord, ce crétin du bar, et puis l'accident… »

Ettore essaie de dédramatiser. « Au moins, on a choisi un bon film, non ? Dommage que, du coup, on ne le regarde pas ! » Il rit de son propre trait d'esprit, mais le bruit de la sonnette l'interrompt et le fait sursauter.

« Qui est-ce ? »

Je me lève pour aller ouvrir.

Lavinia entre comme si elle était chez elle.

Elle lance un coup d'œil furtif à Ettore. « Ah, tu es là, toi aussi ? » s'enquiert-elle d'un ton presque irrité, avant de s'adresser à moi : « Comment tu vas, ma petite Giulia ? J'ai eu un choc en lisant ton message. » Elle fait traîner ses mots et enlève son manteau.

« Je vais bien, vraiment, lui dis-je en essayant de m'en convaincre au passage. Je t'offre quelque chose ? »

Lavinia accepte un verre d'eau et, pendant que je file à la cuisine, elle s'installe près de la petite table du salon. Le silence retombe imperceptiblement sur la pièce. Je reviens vers elle et pose le verre sur la table avant de m'asseoir. Ettore m'effleure le bras. Lavinia remarque le geste et son regard s'alourdit d'un léger malaise.

Nous revenons sur l'accident et les événements récents advenus au travail, sur les petits gâteaux que les cuisiniers en herbe me préparent, et nous nous efforçons de maintenir une ambiance légère.

« Comme Ettore travaille demain après-midi, pourquoi ne viendrais-tu pas prendre un café chez moi ? me demande-t-elle, en changeant brusquement de ton.

— Oh, mais vous ne voulez vraiment pas me laisser seule ! dis-je, le sourire aux lèvres. Bien sûr. Ça me fait plaisir et ça me fera du bien. »

Pendant ce temps, Ettore s'est levé pour prendre une bouteille de chianti dans le buffet. Il sait où je garde ma sélection de vins. Il dispose trois verres sur la table basse et ouvre la bouteille. Il remplit les verres et nous les tend.

« À notre soirée ! s'exclame-t-il en levant son verre.

— À notre soirée ! proclamons-nous, presque à l'unisson.

— Plus on est de fous, plus on rit », ajoute-t-il.

Lavinia approuve ; son sourire illumine de nouveau son visage et efface la moindre once de réticence. Nous continuons à parler de la pluie et du beau temps, en naviguant parmi des sujets peu sérieux et au milieu d'éclats de rire, mais l'heure tourne.

« Allez, je dois filer. N'oublie pas notre café de demain ! » me rappelle Lavinia, sur le pas de la porte, d'une voix joyeuse et chargée d'affection. Puis nous nous disons au revoir par une étreinte qui est plus qu'une simple salutation.

* * *

J'entends un cri. Et j'écarquille les yeux en percevant une douleur dans ma gorge. J'essaie d'avaler, mais j'ai la langue collée au palais.

Mince, c'est moi qui ai crié ?

Un rai de lumière entre par la fenêtre et les contours de la pièce sont adoucis par mille nuances de gris. Du coin de l'œil, je crois percevoir un mouvement. Je retiens mon souffle et je sors un bras de sous les couvertures. Je suis trempée de sueur, j'ai besoin de respirer. Je donne un petit coup de pied et j'entends un faible miaulement. Wazowski a l'habitude d'en recevoir et, effectivement, après trois secondes de ronronnements, il change de position et se remet à dormir.

Si seulement je pouvais avoir son calme.

Je me tourne sur le côté, et cette fois je crie vraiment : à dix centimètres de moi, deux yeux me fixent ardemment dans l'obscurité.

« Merde ! m'exclamé-je en tapant le matelas du plat de la main.

— Eh, du calme, G. ! » marmonne la figure monstrueuse qui, en quelques instants, affiche les traits d'Ettore.

Les ombres menaçantes ne me quittent pas. Une sensation étrange de déjà-vu. Je pense à Teo, à ses dessins. Je respire à fond.

« Excuse-moi… dis-je à voix basse.

— Toujours tes cauchemars ? »

Ce n'est pas la première fois qu'Ettore reste dormir avec moi. Notre amitié a toujours été très complice.

« Cela fait un moment que tu gémis, me dit-il en me fixant avec cette inquiétude que même ma mère n'a jamais eue dans les yeux. Tu me donnes bien du tracas, tu sais ? »

Sans me laisser le temps de répliquer, il se lève et disparaît dans la cuisine. J'entends l'eau couler ; je ferme les yeux en essayant de calmer mon cœur qui bat la chamade. Puis Ettore revient et me tend un verre d'eau.

« Ce ne sont que de mauvais rêves, lui dis-je, dans l'espoir de minimiser.

— Ma chérie, réplique-t-il avec cette voix de confident qu'il dégaine en cas de besoin. Tu sais qu'à moi tu peux tout dire, non ? Tu n'as jamais eu ce genre de problèmes. »

Je hausse légèrement les épaules.

« C'est moi qui dors mal ici, poursuit-il, quand tu te mets à ronfler comme un taureau en rut ! On t'entend jusqu'au salon. »

Il arrive toujours à me faire rire, dans n'importe quelle situation.

« Il n'y a aucune preuve que je ronfle, et…

— Qu'est-ce que tu as, G. ? me demande-t-il en reprenant son sérieux. Regarde un peu tes cernes, mon Dieu… Ça fait combien de nuits que tu dors mal ?

— C'est le stress dû à mon nouveau travail. »

Je tente cet argument, mais avec lui, cela ne sert à rien de mentir.

« Bien sûr, et moi j'adore faire du saut à l'élastique sans élastique… Voyons, Giulia !

— Je ne sais pas, Ettore, je ne sais pas. Il y a Daniele, c'est certain, et puis travailler avec les enfants, ça me met en contact avec un monde étrange. J'ai l'impression de voir leurs cauchemars et de les emmener la nuit dans mes rêves.

— Tu penses à Teo en particulier ? J'en ai parlé à mes collègues, mais ça, ce sont des questions délicates, et ils m'ont conseillé d'être prudent et de rassembler des preuves.

— D'accord, mais moi, je le sens, ce poids. J'essaie d'entrer dans son monde, dans sa tête, à travers ses dessins, et ce que je vois ne me plaît vraiment pas. »

Il me désigne l'objet sur ma table de nuit. La statuette de Télégone est pour lui un monstre dont il faut se débarrasser.

« Cet enfant a quelque chose, je répète à voix basse. Et…

— Et ? »

Je secoue la tête.

« Et je ne sais pas, excuse-moi de rabâcher, mais je ne sais pas. Et puis il y a Daniele avec cette histoire de témoins. Je ne voudrais pas aller à la chasse aux fantômes juste pour alléger ma culpabilité.

— Il ne s'agit pas d'alléger ta culpabilité, G. Nous sommes en train de chercher une autre vérité.

— Et si on l'a trouve ? Qu'est-ce qu'on en fera ?

— Allons-y étape par étape. Ce qui compte, c'est que tu saches de quelle façon ton frère est mort. Maintenant, tente de te rendormir.

— L'accident, aujourd'hui…

— N'y pense plus, ce n'est que de la tôle froissée. »

Je hoche la tête.

Noli me tangere.

Mais lui, cet homme au milieu de la route, il ne l'a pas vu.

Ni même sœur Luisa.

Il ne voit pas non plus les tourments de Teo.

Je pense à Buddy. Je le visualise. Peut-être qu'il me protège aussi.

Enfin je sombre.

18

Samedi 11 novembre

LE WEEK-END ARRIVE, telle une planche de salut. Je me rends compte que l'inquiétude d'Ettore est réelle. J'ai la sensation d'être en équilibre au bord du toit d'un immeuble. Et je dois bien avouer que sa présence me pèse ou du moins qu'il ne m'aide pas vraiment quand il s'emploie à alléger ma culpabilité. Les mots ont un poids, comme ceux qui restent en suspens entre mon frère et moi.

Ettore m'a déjà envoyé deux messages. Il veut aller parler à l'autre témoin, le pompiste. Je l'adore, mais quand il s'entête de cette façon, il aggrave mon anxiété.

« Hier, tu m'as franchement fait peur », dit Lavinia pour la énième fois. Elle aussi m'a assaillie de messages, craignant que je n'oublie notre café.

Je maugrée : « Vous êtes en train d'en faire tout un drame.

— Nous ?

— Oui, vous ! » je répète.

Elle n'aime pas que je la mette dans le même sac qu'Ettore. Ils ne se sont jamais beaucoup appréciés ; à la limite, ils se supportent. Et moi je me retrouve entre le marteau et l'enclume.

« Tu as des cernes terribles, s'obstine-t-elle.

— J'ai mal dormi ; je me reposerai mieux cette nuit.

— Qu'est-ce que tu veux avec ton café ? » me demande-t-elle.

Elle me laisse seule au salon quelques instants et s'approche de la porte de la cuisine où l'appelle le sifflement de la cafetière.

« Je ne crois pas pouvoir avaler quoi que ce soit.

— Tu te sens patraque ?

— Pour tout te dire, je ne me sens pas très bien depuis quelque temps. J'ai vomi au bar, lui dis-je en repensant à l'apéritif avec Caterina. Tu imagines la honte. »

Lavinia éclate de rire.

« La honte ? Depuis quand t'es si sensible ? Ces enfants ont un effet bizarre sur toi ! Mais ils sont si mignons, ne te plains pas. Nous, on n'a pas reçu autant d'attentions, tu te souviens ?

— C'est toi, maintenant, qui te plains.

— Je ne suis pas jalouse, tu le sais, déclare-t-elle en sortant de la cuisine avec un plateau d'argent d'un style très ancien. (Elle le pose sur la table basse entre nous deux.) J'ai mis le sucre. Et aussi des petits gâteaux. Il faut bien que tu grignotes quelque chose, quand même.

— Avec cette odeur de café, je vais déjà mieux. »

Lavinia me sourit.

« Tu vois, il suffit de pas grand-chose. »

Mon téléphone vibre et je constate que c'est encore Ettore. Lavinia aperçoit son nom aussi, qui lui arrache un soupir.

« Oh, il ne te lâche pas d'une semelle, celui-là !

— Il essaie seulement de m'aider ; tu le connais, non ?

— Non, en fait ; pour moi, c'est juste un hystérique en mal d'attention.

— Je te déteste, quand tu dis ce genre de choses ; est-ce que tu t'en rends compte ?

— Écoute, je pense que tu devrais fréquenter un homme *homme*, ma chère. Tu vois bien comment certaines idées te passent par la tête. Nous avons toutes besoin de… Bon, tu as compris, non ?

— Bien sûr, une aventure d'un soir, et puis fini les problèmes. Un coup de baguette magique en somme !

— Ah, tu appelles ça comme ça, toi ? réplique-t-elle en riant. Quoi qu'il en soit, voilà pourquoi tu es tout le temps malheureuse.

— Merci pour ton analyse judicieuse !

— Mais oui, ris, va. Au moins, ça te fait oublier les choses tristes.

— J'ai la tête pleine de pensées, Lavi, tu le sais. Daniele est… eh bien, ces pensées ne me quittent pas. »

Ses yeux se mettent à briller. Elle se lève et s'approche de l'ordinateur. C'est sa façon à elle de cacher sa fragilité, je le sais bien. Elle ouvre Spotify et lance une playlist. La voix merveilleuse d'Alex Baroni[1] envahit la pièce. Au bout d'un moment, elle revient à sa tasse de café, à son fauteuil et elle prend un biscuit. Elle me regarde et poursuit avec un sourire : « Ton problème, c'est que tu aimes patauger dans les idées noires.

1. Alex Baroni (né Alessandro Guido Baroni) à Milan le 22 décembre 1966 et mort à Rome le 13 avril 2002 est un chanteur italien de blue-eyed soul, actif de 1994 à 2002. Il a sorti quatre albums au cours de sa brève carrière.

— Ce n'est pas que j'aime ça : c'est qu'elles sont là, et que je ne peux pas les éviter.

— Ton Ettore arrive à te soulager dans tes moments de cafard ? »

Je bois mon café d'un trait et ne lui réponds pas. Elle veut me titiller, je le sais. Nous finirons par nous disputer. Peut-être qu'elle aura réussi à me distraire, mais je repartirai fâchée. Et, aujourd'hui, je n'en ai pas la force. Je m'appuie contre le dossier du fauteuil. Le café n'est pas à même de vaincre la fatigue que je traîne depuis des jours. Je plisse les yeux et repère un point derrière Lavinia, sur l'étagère, au milieu des livres : un pot en verre contenant un drôle de tubercule recroquevillé et un dragon miniature en peluche posé dessus. On dirait Buddy. Soudain, la pensée de Teo creuse une ride d'inquiétude entre mes yeux.

« Comme compagnie, on fait mieux », grommelle mon amie. La musique a changé, et, maintenant, le salon résonne de la voix aiguë de Pino Daniele[1].

« Si tu étais une véritable amie, tu me laisserais me reposer.

— Je suis une bien meilleure amie pour toi que ton Ettore ! »

Je voudrais lui dire qu'elle m'agace, mais je m'en abstiens. Je me lève lentement, en laissant le plateau de biscuits et la tasse de café vide.

« Merci, Lavi. Mais il vaut mieux que je rentre chez moi. Je dois me reposer.

— D'accord, ma chérie, prends soin de toi. Et si tu as besoin de parler, appelle-moi, OK ? »

---

1. Giuseppe Daniele, dit Pino Daniele, né le 19 mars 1955 à Naples et mort le 4 janvier 2015 à Rome, est un chanteur et auteur-compositeur-interprète italien.

Elle me raccompagne à la porte et me prend dans ses bras. Je cherche tant bien que mal à lui rendre son étreinte chaleureuse, mais je suis trop épuisée.

J'arrive à la voiture. Et je vomis.

De nouveau.

De retour à la maison, je me sens légèrement mieux, les tensions de la journée commencent à se délier. Je me déshabille et enfile un pyjama confortable. Je m'affale sur le divan, le corps exténué et l'esprit tourmenté. Je n'ai pas la force de faire autre chose ; je ne peux que céder à la fatigue qui m'assiège. La télévision en bruit de fond et Wazowski qui se blottit près de moi sont les seules présences que je tolère.

Et c'est très bien ainsi.

Dimanche 12 novembre

Après une énième nuit en proie aux cauchemars, je passe la majeure partie de la journée entre le lit et le divan.

J'ai pensé un instant sortir pour jouer au geocaching afin de me détendre un peu, mais la paresse a eu le dernier mot, confortée par une légère sensation d'étau autour de la tête qui sans être véritablement une migraine n'a pourtant pas l'air de vouloir m'abandonner. De temps à autre, le téléphone vibre – dans ses messages, Ettore s'enquiert de mon état et demande s'il peut m'être utile. Je lui réponds que je préfère me reposer. Lavinia aussi m'a écrit me proposant de revenir chez elle pour prendre un verre. Mais j'ai refusé. Je n'ai de l'énergie pour rien. Je ne veux ni parler, ni sortir, ni réfléchir. Seulement dormir et espérer que le repos me soulagera de mes nausées et du mal-être général qui m'opprime.

Je suis fatiguée ! Et ma fatigue n'est pas seulement physique : elle est également mentale et émotionnelle ; une pesanteur qui me plaque au divan, en m'empêchant de bouger. Et ainsi, entre le demi-sommeil et mes sommeils agités, s'écoule mon dimanche, lentement et silencieusement ; un petit refuge temporel où je tente de me remettre, au moins un peu, des turbulences de la vie.

Lundi 13 novembre

Le dimanche passé à la maison m'a résolument fait du bien. Je me sens plus énergique et d'attaque pour affronter une nouvelle semaine. Quand je m'éveille, le ciel est encore sombre, mais je suis animée d'une certaine vitalité que je n'éprouvais plus depuis bien des jours. Je câline Wazowski et me prépare à mon rythme, sans précipitation, en mettant les vêtements les plus confortables de mon armoire : un pull tout doux et un pantalon en coton.

J'arrive au Colomba Antonietti à l'heure. Avec même dix minutes d'avance. Le froid du matin me picote la peau, mais ne me dérange pas outre mesure. Quand j'entre en classe, je vois Caterina en train de consulter son portable. La lumière du matin éclaire sa mince silhouette et je note qu'elle a un air étonnamment serein. « Ciao », lui dis-je avec un sourire.

Elle lève les yeux. « Bonjour. Tu es bien matinale, aujourd'hui. »

Je ne sais que répondre, je me sens même un peu gênée. « Comment s'est passé ton week-end ? »

Caterina soupire, pose son portable et prend des feuilles de couleur sur une étagère. « Tranquillement, merci. Nous sommes allés nous promener au parc avec ma sœur et les enfants…

— Et Giordano dans tout ça ? »

Caterina sourit et se détend doucement, en posant les feuilles sur le pupitre.

« Giordano va bien, merci. Il a été un peu pris par son travail, mais nous avons réussi à dégager du temps pour nous. Nous nous sommes vus après… après le parc. »

Je lui lance un sourire malicieux.

« Allez, Giu, c'est bon. »

Je ris franchement à présent ; j'enlève mon manteau et je l'accroche.

Emma et Luca arrivent ensemble et remplissent la salle de classe de leurs voix et éclats de rire. La fillette, avec ses tresses blondes habituelles, se précipite vers moi, un dessin à la main. « Maîtresse Giulia, regarde ce que j'ai fait ! »

« C'est très beau ! dis-je en examinant le dessin. C'est un paysage d'automne, n'est-ce pas ? »

En réalité, je pense que la disposition des bonnes sœurs à la manière d'épouvantails est pour le moins perturbante. Quoi qu'il en soit, Emma hoche la tête.

« C'est magnifique. J'aime beaucoup la forme des arbres. »

Emma sourit timidement et court montrer le dessin à Caterina aussi. Entre-temps, Teo entre en classe, accompagné de son père. Je leur fais un signe. M. Pietroboni pose les mains sur les hanches et regarde autour de lui, comme s'il inspectait le moindre détail de la salle. Cette attitude m'irrite, mais je m'efforce de le dissimuler et le salue cordialement.

Il me répond d'un signe de tête furtif, puis il me dit « Bonjour » d'un ton formel. Il se baisse vers Teo et lui murmure quelque chose à l'oreille. Il me lance un dernier regard, comme pour m'indiquer qu'il a l'œil sur tout et s'en va, sans ajouter un mot.

Teo s'approche d'un des pupitres, tête baissée. Il prend une feuille blanche et un crayon, puis s'assoit, mutique. Il commence à dessiner lentement : on dirait que chaque trait est une forme de respiration ou une façon d'éloigner le monde extérieur. Il plie sa feuille et l'aplatit comme s'il cherchait à cacher quelque chose sous le papier. Il remonte une manche et je découvre un nouvel hématome foncé. Mon corps se tend telle une corde prête à se rompre.

« Ciao, Teo. (Je m'approche précautionneusement.) Comment vas-tu ? »

Il hausse les épaules, sans répondre. Ses yeux évitent les miens, possédés par la feuille comme si c'était la seule chose qui comptait. Son ecchymose m'obsède : elle est large et sombre, pareille à une ombre qui s'étend sur sa peau délicate.

Le bleu et le violet mêlés forment une tache inquiétante tel un étang, de nuit.

Impossible de l'ignorer.

Je me demande si Caterina l'a remarqué.

Absolument pas.

Tout paraît normal.

Je lui désigne des yeux le bras de Teo. Elle fait mine de s'arrêter un instant, puis elle hausse les épaules, comme pour signifier que cela ne la regarde pas.

Ma colère monte. Une lave prête à jaillir de la bouche d'un volcan.

Je voudrais lui dire quelque chose. Je voudrais hurler que cela nous concerne tous, que nous ne pouvons pas tourner le dos à un enfant en difficulté. Pourtant, je me retiens, consciente que mes propos pourraient déclencher une tempête. Je garde le silence mais, dans mon for intérieur, je sais que je dois agir. J'aimerais penser à autre chose et je me concentre sur Tommaso qui, sur ces entrefaites, s'est assis près de Francesco auquel il est en train de parler des dinosaures qu'il a vus dans un documentaire. Maria, la fille la plus petite de la classe, s'approche de Caterina pour lui montrer son nouveau collier composé de minuscules perles colorées. « C'est moi qui l'ai fait, avec maman ! »

Au sein de ce brouhaha de voix fluettes, la porte qui s'ouvre brusquement dissipe les bruits.

La volumineuse sœur Germana fait son entrée. « Bonjour à tous ! Ah, quelle belle journée aujourd'hui ! » Sa voix stridente emplit la pièce.

« Bonjour, sœur Germana ! » répondent les enfants en chœur ; son allégresse déclenche aussi quelques ricanements.

« Et si nous faisions une prière ? »

La religieuse commence d'une voix mélodieuse : « Cher Jésus, merci pour ce nouveau jour. Merci pour notre famille, nos amis et notre école. Aide-nous à être gentils et à faire de notre mieux tout ce que nous faisons. Amen. »

Les enfants répètent après elle, de leurs voix tendres et un peu hésitantes. Caterina et moi nous unissons à eux, nous fermons les yeux et joignons nos mains.

« Alors, Giulia, comment ça va en cette matinée glaciale ? me demande sœur Germana, une fois la prière finie, en se frottant les mains.

— Plutôt bien. Mais j'aurais dû mettre mes gants.

— Ah, tu verras que nous allons vite nous réchauffer grâce à toute cette énergie, réplique-t-elle avec un rire sonore. Allez, allez, et bon travail ! »

Puis elle s'en va, en laissant derrière elle une exquise senteur.

Et une agréable sensation de bien-être.

La routine de la matinée se déroule sans accroc. Aujourd'hui, c'est au tour d'Emma de cuisiner les petits gâteaux. Vers 10 heures du matin, Lavinia frappe à la porte pour accompagner la fillette chez sœur Luisa pour la préparation. L'heure passe et, dès que possible, j'en profite pour observer de nouveau Teo et son bras. Ce bleu obscurcit mes pensées. Je dois trouver le bon moment pour lui parler. Et à sa famille aussi.

Ou bien à mère Benedetta.

Oui, peut-être que la grande vieille est la meilleure solution…

En fin de matinée, la porte de la classe s'ouvre. Emma entre avec Lavinia ; elles sont tout sourire. « Maîtresse, le petit gâteau est arrivé ! » s'exclame Emma, avec les yeux qui brillent d'enthousiasme.

Lavinia lui caresse la tête. « Nous l'avons fait avec sœur Luisa. Le voilà », explique-t-elle en me tendant un plateau avec un muffin au chocolat décoré de vermicelles. Le muffin semble cuit à la perfection, avec sa superficie légèrement croustillante. Les vermicelles de couleur forment de petits arcs-en-ciel scintillants. Et une bonne odeur de chocolat chaud flotte dans l'air.

« Merci, Lavinia. Et merci à toi, Emma. Il est magnifique ! »

Je prends le muffin et j'en goûte une bouchée. Le chocolat a un arrière-goût amer, mais il est quand même agréable à manger.

La joie d'Emma est contagieuse et je crois que c'est précisément pour cette raison que j'aime mon métier.

Je profite de cet instant de dégustation pour souffler. J'aperçois Francesco, avec son visage sérieux et ses grandes lunettes rouges, immergé dans la construction d'un château en Lego. Chaque pièce semble une tesselle de son petit cosmos parfait. Près de lui, Sofia montre en riant à Maria un dessin représentant une licorne avec des ailes bariolées.

La porte s'ouvre de nouveau à cet instant précis et Marco entre avec deux cafés. « Et voilà ton café habituel !

— Merci ! »

Lavinia s'installe entre nous, sans façon. « Mais, à propos, comment tu vas ? me demande-t-elle. Après t'avoir vue avant-hier… je me suis inquiétée.

— Je vais mieux. Disons que mon dimanche à la maison m'a fait du bien.

— Parfait, je suis rassurée, réplique Lavinia en regardant Marco avec curiosité.

— Pourquoi, qu'est-ce qui t'est arrivé ? demande-t-il, en me dévisageant avec plus d'attention.

— Un léger accident de voiture », dis-je en minimisant les faits.

Il plisse les yeux. « Ah, voilà à qui était cette voiture cabossée là dehors. »

Je me crispe, quoique pas vexée.

Marco s'approche alors et s'adresse à moi sur un ton plus intime : « Giulia, je pensais… Qu'est-ce que tu dirais qu'on aille prendre un verre un de ces jours… Juste nous deux, dehors. »

Je me raidis, en essayant de garder une expression neutre. « Oh, merci, Marco. On verra, hein ? Mais en ce moment, je suis un peu bousculée. »

Lavinia met son grain de sel : « Oh oui, Giulia est très occupée, Marco. Peut-être une autre fois.

— Allez, même juste une petite demi-heure. Peut-être cet après-midi ? »

Je me sens de plus en plus mal à l'aise.

« Vraiment, je ne peux pas. J'ai un tas de choses à faire… »

Il baisse les yeux.

« Mais… »

Lavinia s'immisce encore, cette fois sur un ton plus décidé : « Elle t'a déjà dit non. N'insiste pas. »

Son intervention me déconcerte : je n'ai pas besoin d'un avocat de la défense, même si j'apprécie qu'elle soit à mes côtés.

Marco esquisse un sourire forcé.

« Bien sûr, je comprends. Quand tu auras un instant de libre, tu me le diras. »

Je mets fin à la conversation et m'adresse à la classe. « Les enfants, allons nous laver les mains. Le déjeuner est bientôt prêt. »

Teo vient de terminer un dessin. Je m'approche de lui et il me montre sa feuille.

Dans le dessin, je reconnais mère Benedetta qui s'adresse à une personne qui me ressemble. Serait-elle en train de me faire des reproches ? Puis je distingue l'habituelle silhouette gribouillée qui plane, menaçante, à mes côtés. Le gribouillis humanoïde semble tenir quelque chose dans sa main. J'examine ensuite les murs qui paraissent ondoyer, déformés, et les ombres inquiétantes qui rampent sur le pourtour de la feuille. Il y a quelque chose dans les dessins de Teo qui ne colle pas. Chaque dessin est une mosaïque de symboles et de distorsions qui raconte une vérité cachée que je ne parviens pas à décoder. C'est quelque chose qui m'échappe, comme si entre les lignes et derrière les couleurs se déployait un message que je ne réussis pas encore à saisir. Je retiens mon souffle.

Sans dire un mot.

Je range le dessin avec les autres et jette un œil autour de moi. Lavinia est encore là. Elle est en train de discuter avec Caterina, en me tournant le dos.

Je décide, alors, de ne rien dire à personne.

19

DANS LE RÉFECTOIRE, chaque enfant est à sa place et occupé par le déjeuner. Je recommence à avoir la tête qui tourne, si bien que je dois prendre appui pour ne pas tomber. Je balaie la salle du regard et fais un signe à Caterina qui attache un bavoir autour du cou de Teo. Pendant un très bref instant, je croise ses yeux tristes, ce qui augmente mon mal-être. D'un geste, je fais comprendre à ma collègue que je m'absente pour aller aux toilettes.

Caterina me répond en langue des signes : « Vas-y, j'assure ici. »

Le hall est plus calme ; je me soutiens contre le mur, sur lequel se trouvent à ma gauche un grand crucifix couleur ébène et, sur ma droite, un cadre sertissant une horrible photo : une sœur squelettique aux joues creuses, tenant un chapelet entre ses doigts osseux. *Diable, elle me rappelle ces affreux clichés* post mortem *qui circulent sur TikTok*. Je m'écarte pour mieux l'examiner.

Elle pourrait vraiment figurer sur une de ces photos !

Je m'éloigne en chancelant. Les toilettes sont au fond, mais j'ai besoin de respirer un peu d'air frais. Je passe tête baissée devant la porte des cuisines et la voix de sœur Luisa parvient à mes oreilles comme des ongles qui crissent sur un tableau.

« Ici aussi, tu joues le fameux jeu des Martelli, n'est-ce pas ? »

Je m'avance de deux pas et m'arrête. Comme dans un *rewind*, je reviens en arrière. « Quoi ? » lui demandé-je. Je suis confuse, peut-être ai-je mal compris ; je lui concède le bénéfice du doute.

« Tu arrives, et tu prends ce qui n'est pas à toi ; c'est comme ça que ça fonctionne, hein ? poursuit Luisa, en me confirmant ce qu'elle vient de dire.

— Luisa Siniscalchi. (Je prononce son nom les dents serrées.) Tu es en train de plaisanter, n'est-ce pas ? répliqué-je d'une voix un peu incertaine, troublée par cette attaque soudaine et par mon tournis qui s'intensifie.

— Tu te souviens de ce que disait tante Tina, non ? »

Je me souviens bien de la vieille tante Tina. Nous l'appelions tous « tante », quand nous étions enfants. C'était une de ces femmes capables à la fois d'infliger une crainte pleine de révérence et d'offrir des moments de grande douceur.

Sœur Luisa enchaîne : « Les Siniscalchi ne plaisantent pas, les Siniscalchi agissent. »

Je demeure interdite. « Est-ce qu'elle a dit aussi que les Siniscalchi sont des voleurs ?

— Si elle avait vécu assez longtemps pour être témoin d'un vol, elle l'aurait certainement dit de ta famille. Des Martelli, tu peux en être sûre. »

Je m'appuie contre le chambranle, car je sens que je vacille, or je ne veux pas lui donner l'impression d'être en difficulté. « Tu sais ce qui m'étonne le plus ?

— Ai-je besoin de le savoir ? » Elle me scrute, puis elle ouvre le lave-vaisselle et se met à essuyer les casseroles qu'elle a utilisées pour préparer le repas des enfants. Et de nous autres, les éducateurs.

Je décide de hausser le ton. « Comment est-il possible que pas un seul membre de ta famille ne se rende compte de l'absurdité de la situation ?

— Nous avons sué sang et eau sur ce terrain ! explose-t-elle et, pendant un moment, son visage paraît aussi dur et aussi méchant que celui de la photo accrochée dans le hall d'entrée.

— Vous avez sué sang et eau sur un terrain de *ma* famille et vous avez été les seuls à en tirer des avantages. Ce n'est pas *ma* famille qui a bénéficié de toutes ces récoltes, il me semble ?

— Voilà comment raisonnent les Martelli : tout ce qu'ils savent faire, c'est compter l'argent. Et le travail ? Et les investissements pour installer le système d'irrigation ? Vous avez récupéré un terrain en parfait état, et après, *salut tout le monde*. Bravo !

— Cet habit que tu portes n'est que pur simulacre… » Je me tais après cette réplique pour retenir un haut-le-cœur.

Peut-être que Luisa interprète ce silence comme une faille dans ma conviction.

« Ce sont là des pensées de vipère, des pensées de démon ! rétorque-t-elle en faisant le signe de croix. Et toi, tu n'es qu'une petite voleuse, comme toute ta famille », finit-elle en cognant une casserole sur le plan de travail en aluminium. Le bruit est si fort qu'il me transperce le cerveau. Je m'écarte. J'entends des pas derrière moi et, un instant plus tard, sœur Germana traverse le hall, avec Teo qu'elle accompagne aux toilettes. Elle m'encourage en silence, puis s'en va en courant lourdement. J'ai besoin d'une bouffée d'air frais au plus vite. Je laisse tomber cette conversation sans queue ni tête et fais mine de partir, reprenant ma marche le long du hall.

« Le seul voleur que je connaisse est le type visqueux qui a volé l'innocence de la petite Gilda », hurle Luisa de loin à présent depuis le seuil, avec un torchon dans les mains. Ses yeux, malgré leur bleu clair, sont emplis de dureté.

Et voilà, il ne manquait plus que Gilda, me dis-je en mon for intérieur en grommelant vers la sortie.

Dehors, la journée semble paisible, et l'air est bien frais. Je prends deux longues inspirations. J'inspire, j'expire, le malaise devrait passer.

On n'a pas encore vu naître une bonne religieuse, c'est la réflexion qui me vient à l'esprit.

Puis je m'en veux parce que sœur Germana, elle, est vraiment une personne merveilleuse ; mais, d'un certain point de vue, elle sonne ici comme une fausse note dans un orchestre bien accordé.

Chez sœur Luisa, en revanche, se tapit une rancune qui stagne en elle depuis des années.

Mais qu'est-ce qu'ils s'imaginaient ?

Les Siniscalchi ont pris soin du terrain de grand-père Giovanni pendant deux ans et, de ce fait, il devrait leur revenir de droit ?

Idiots, petits voleurs.

Ces mots me traversent la tête.

J'ai fini par lui dire ses quatre vérités et je souris, car je me sens un peu mieux.

Puis je m'assombris.

« La petite Gilda », a-t-elle dit.

Les souvenirs remontent alors à la surface. J'étais préadolescente lorsque j'ai entendu parler de cette « histoire pas très claire ». Mais j'étais trop jeune pour m'intéresser aux affaires des adultes. Je maugrée et me décide à rentrer. Il est plus que temps de retourner en classe pour seconder Caterina.

Mais les mots de sœur Luisa ne me sortent pas du crâne. *Gilda.*

Peut-être que cette question de terrain est plus grave que je ne l'ai toujours imaginé. À dix ans, une enfant n'a pas de temps à perdre avec ces choses. Je me rends compte, avec regret, que Luisa et moi vivons une situation de ressentiment dont nous avons été de lointaines spectatrices. Quand je repasse devant la porte de la cuisine, elle ne profère pas le moindre mot.

De retour au réfectoire, je note que Teo me regarde : il m'attendait.

Je lui souris.

* * *

La journée a été longue et pleine d'émotions contradictoires. Je rentre chez moi fatiguée, et l'esprit encore perturbé. Je me change et me glisse sous les couvertures, sans même dîner. Wazowski se blottit près de moi, son corps chaud contre ma jambe. Les tensions m'enserrent avec la force d'un étau. Je ferme les yeux et une silhouette surgit devant moi. C'est un visage défiguré qui m'observe, les traits déformés par une expression de douleur. Son épiderme est un patchwork de marques rouges et blanches, comme une peau brûlée qui aurait mal cicatrisé. Les yeux, deux puits noirs, me scrutent avec une intensité qui m'aspire dans des abysses. Je sens l'odeur âcre de la chair carbonisée, une puanteur qui envahit mes narines et me donne envie de vomir. Les lèvres remuent en émettant un sifflement, comme si cet être cherchait à parler, mais aucun phonème compréhensible ne sort de sa bouche. Seul un souffle glacé m'effleure. J'essaie de déglutir, mais j'ai la gorge sèche et nouée par la peur.

Le visage ne cesse de s'approcher. Chaque cicatrice, chaque pli de la peau brûlée devient plus net. La terreur me paralyse. Un hurlement suffoqué se bloque dans mon larynx.

J'ouvre brusquement les paupières.

Je halète.

Il n'y a rien. Seulement moi et Wazowski, qui s'est réveillé et me scrute, inquiet.

Bien que je ne le voie plus, je sens encore la proximité de ce visage, palpable, comme une présence obscure dans la pièce. Je me tourne vers la statuette de Télégone, debout, sur la table de chevet. La figure sculptée semble, avec ses yeux de censeur, m'inculper de la mort de mon frère. En dessous, les dessins de Teo.

Je décide de les réexaminer un à un.

La lumière de la lampe de chevet éclaire les contours de façon inquiétante. Je reconnais mère Benedetta qui me fait des reproches et une silhouette dessinée à la hâte qui porte des racines pareilles à des mains noueuses et tordues, comme sorties d'un cauchemar.

Un voile oppressant m'enveloppe. Ma poitrine se serre, un poids qui va croissant. Les lignes tremblantes vibrent sous mes yeux et un grand froid inonde mon dos. Je me perds dans les détails, en essayant de comprendre le message que Teo cherche à me faire passer.

Les racines, les figures obscures… Que signifient tous ces éléments ?

J'ai la sensation que l'air dans la pièce se densifie, comme si les ombres des dessins sortaient de la feuille pour m'engloutir.

Je reporte mon attention sur la statuette ; peut-être Ettore a-t-il raison : chaque fois que je pose les yeux sur ce morceau de bronze, j'ai l'impression que la pesanteur du monde m'opprime davantage. Télégone ne fait qu'alimenter mes souvenirs et mes visions. Et si je le déplaçais dans le salon ? Cela m'aiderait peut-être à regagner un peu de paix. Je me lève avec un soupir et me saisis de l'objet. Wazowski ne me quitte pas des yeux, mais il est trop paresseux pour sortir du lit. Je me dirige vers le salon en cherchant une place où la mettre et je finis par la poser sur une étagère, près d'un vase garni de fleurs artificielles. Au moment de retourner au lit, je suis paralysée par un bruit soudain. Un son léger, un grincement, comme du bois pliant sous l'effet d'un objet lourd.

Je sens mon sang pulser dans mes oreilles et un sifflement s'insinuer dans mon cerveau. Je m'immobilise, en essayant de comprendre si c'est seulement le fruit de mon imagination ou s'il y a vraiment quelqu'un dehors.

« Qui est là ? »

Aucune réponse.

Wazowski me rejoint en courant. Il se poste près de moi, les oreilles dressées, comme s'il avait lui aussi entendu quelque chose. Il observe par la fenêtre, le corps tendu, aux aguets.

Je tâche de me calmer, de me convaincre que ce n'est qu'une hallucination. Mais un autre bruit, plus proche, me fait sursauter. C'est le son de quelque chose qui bouge, peut-être une fenêtre qui s'ouvre.

« Qui est là ? » Je répète ma question, la voix tremblante.

Silence.

Je m'approche de la fenêtre, silencieusement. Wazowski me suit avec des mouvements circonspects. Je regarde dehors, où tout semble normal. Peut-être était-ce seulement le vent, ou un animal.

Je vérifie que toutes les fenêtres sont bien fermées, ainsi que la porte de la maison.

Il y a trop de silence.

Et c'est précisément dans le silence que surviennent les graves ennuis.

Je tente de me persuader qu'il n'y a pas lieu de m'inquiéter, mais je n'y parviens pas. Je retourne me coucher et Wazowski se love contre moi. Malgré le réconfort que me procure sa chaleur, la peur m'empêche de me rendormir. Je sens une saveur métallique sur ma langue, comme si je mordais de l'acier. J'entends le grincement du bois sous moi et des crissements semblables à un murmure. Le froid de la chambre pénètre à travers les couvertures, en picotant chaque parcelle de ma peau. Je me lève alors brusquement et je regarde autour de moi dans la semi-obscurité, cherchant à saisir si tout n'est qu'une projection de ma part, ou s'il y a vraiment quelqu'un. La seule réalité que je perçoive est une maison qui paraît respirer à mon rythme – les murs rétrécissent et s'agrandissent comme s'ils étaient vivants. Chaque bruissement des rideaux, agités par une brise inexistante, trahit une menace. L'air est saturé d'une odeur de terre, de pourriture, comme si tout autour de moi se décomposait. Les murs se réaniment constamment. Peu à peu, des racines émergent du sol. Elles s'allongent. Avancent avec une lenteur dangereuse. Je peux quasiment les entendre qui rampent là, par terre, avec un sifflement qui m'effraie. Les racines à présent ont muté, pris la forme d'une main tordue, pourvue de longs doigts osseux, qui se tend vers moi, cherche à m'attraper.

Je me fige.

La main s'approche encore.

Les doigts me touchent, gelés. Répandent leur froid jusque dans mes os. L'odeur de terre et de décomposition s'intensifie. Je suffoque. Les doigts me serrent le cou. Je me rends. Me laisse aller, tandis qu'ils accentuent toujours plus leur pression. Mon cœur ralentit. Autour de moi, le monde se dissout ; les sons se ouatent, ma vue se brouille.

Je creuse en moi à mains nues, en quête d'une force gisant au fond des abysses de mon être, parmi les ruines des peurs et des doutes. Au prix d'un dernier effort, je me lève d'un bond. Wazowski m'observe de son œil dilaté. Les racines ont disparu et la maison a recouvré le silence. Je retourne au lit, mais sans y trouver le moindre réconfort. Je referme les yeux, la peur nichée dans ma poitrine, mettant tout mon courage à inspirer, expirer encore une fois.

Mais ce courage s'épuise.

20

Mardi 14 novembre

JE ME RÉVEILLE COMME SI J'ÉMERGEAIS du fond d'un puits obscur. Autour de moi, la lumière du matin pénètre difficilement par les stores entrouverts. Je me lève avec un gémissement ; j'ai les muscles raides et douloureux. Je jette un coup d'œil à ma montre : il est 8 h 40.

Mince !

Je saisis mon téléphone et découvre un appel en absence d'Ettore et déjà deux messages :

> Miss G., comment vas-tu ?
>
> Je viens de finir mon service de nuit
>
> et je voulais savoir si tout allait bien...

Je m'assois au bord du lit, ma tête pulse légèrement. Je me masse la nuque, puis réponds aux textos :

> Ciao, Ettore. Encore une mauvaise nuit.
> Je t'appelle cet après-midi après le travail.

J'envoie le message et je caresse Wazowski. Je me lève et j'enfile un jean et un pull à col roulé le plus rapidement possible. Je déjeune en toute hâte, saute le café et mords dans une biscotte qui s'effrite dans ma bouche comme du sable. Je sors. Avant de monter dans la voiture, je m'arrête un instant sur ma maison isolée, entourée d'arbres dépouillés – squelettes se détachant sur le ciel matinal, où le soleil a du mal à se frayer un chemin.

Tout comme la raison en moi.

J'entre dans l'habitacle pleinement consciente de cet état de fait.

Je roule à toute vitesse vers l'école.

Je resserre mon manteau et me précipite vers l'entrée du Colomba Antonietti ; mon souffle forme de petits nuages blancs. Lorsque j'entre dans l'institut, il est 9 h 15. Je traverse le couloir des ombres au pas de course. La grande vieille est déjà au courant de mon retard. Je me dépêche, en espérant ne pas la rencontrer. À l'instant précis où je tourne à l'angle, je me retrouve face à sœur Luisa. Une rencontre encore plus désagréable, contre toute attente. Je garde la tête baissée, tout en essayant de continuer mon chemin.

« Giulia, m'interpelle-t-elle d'un ton tranchant. Encore en retard ?

— J'ai été malade.

— Je ferais bien d'en référer à la mère supérieure », déclare-t-elle, les bras croisés sur sa poitrine gonflée. Elle arbore un air de reproche, en esquissant un très léger sourire sur les lèvres. « Et pourtant, je crois que tu sais l'importance qu'elle accorde à la discipline. »

Ses mots me pénètrent comme des épingles acérées. Je serre les poings, mais ne réponds pas, en la fixant avec un regard de défi.

Elle me le retourne de son œil glacial. « Nous devons donner le bon exemple.

— Le bon exemple, comme ta famille ? »

Elle accuse le coup – la mâchoire contractée, sans un mot.

« Si nos familles ne se sont pas réconciliées en plus de cent ans, ce n'est pas nous qui le ferons à présent.

— Simplement parce que vous, les Martelli, vous êtes des ingrats. Ta famille a une dette morale vis-à-vis de la mienne. »

Mon sang est magma prêt à jaillir.

« Cette dette morale, c'est vous qui l'avez contractée en exploitant notre terrain pendant des années, me semble-t-il.

— Cela nous était dû. Pense à la pauvre Gilda !

— Ça suffit ! »

Mon hurlement retentit dans le hall.

« Ça suffit, je dois aller retrouver les petits.

— À la bonne heure ! »

Je m'abstiens de répondre. Je la laisse là et me dirige vers ma classe. Avant d'entrer, je me retourne une dernière fois : sœur Luisa est appuyée contre le mur et elle me fixe d'un air désapprobateur.

Je sais que nous ne nous apprécierons jamais.

Sa silhouette rigide dans le hall d'entrée est un rappel constant de la rancœur qui nous sépare – une rancœur ancienne, aussi ancienne que nos familles.

J'entre dans la classe et je m'efforce de chasser le souvenir de cette rencontre d'un haussement d'épaules. Caterina est déjà là, en train de disposer le matériel pour l'atelier d'art sur la table. La salle est colorée. Nous avons accroché aux murs des posters avec les dessins des enfants et il y a deux tableaux, dont l'un présente les lettres de l'alphabet écrites avec des craies colorées.

« Ciao, Cate… »

Elle me dévisage d'un air inquiet. « Tout va bien ?

— Disons que oui. »

Elle hausse un sourcil. « Tu as l'air bizarre, Giulia. »

Je secoue la tête et me mets en quête de Teo. Je le vois assis à un pupitre, avec sa feuille blanche habituelle devant lui. Mon inquiétude me serre l'estomac, mais je m'efforce de ne pas le montrer.

« Aujourd'hui, c'est Francesco qui prépare le petit gâteau, n'est-ce pas ? s'enquiert Caterina.

— Euh, je ne tiens pas les comptes. Il devrait y en avoir dix-neuf, et il me semble qu'aujourd'hui, c'est le cinquième. »

Elle opine du chef et vérifie l'autre tableau qui porte la liste des enfants aux noms déjà cochés.

« Oui, bravo. Finalement tu tiens bien les comptes…

— Je ferais mieux de tenir ceux des calories. »

Elle éclate de rire. « Quoi qu'il en soit, c'est le tour de Francesco. Lavinia viendra le chercher dans pas longtemps. »

La classe est en effervescence. Les couleurs des dessins sur les pupitres créent une mosaïque bigarrée, avec des taches de rouge, de bleu et de jaune qui se mélangent comme dans un tableau impressionniste. Sofia s'approche, en battant des cils. « Maîtresse Giulia. »

Je m'accroupis pour être à sa hauteur. Elle s'avance d'un pas et tient quelque chose derrière son dos. « *Regadde* ce que j'ai fait », dit-elle en me tendant son dessin avec un sourire timide.

J'observe des sœurs, disposées entre les arbres, et j'éprouve un sentiment étrange, comme s'il y avait quelque chose de fabriqué dans leur calme hiératique. Elles ressemblent à des statues vivantes aux yeux fixes et vides. La porte s'ouvre alors et Lavinia entre dans la classe. Elle arbore aujourd'hui une queue-de-cheval. « Bonjour à tous ! » dit-elle, puis elle s'approche de Francesco. « Tu es prêt pour préparer le petit gâteau ? »

Il acquiesce avec enthousiasme ; ses yeux brillent d'excitation. « Oui, je suis *plêt* ! »

Lavinia lui caresse la tête et m'adresse un sourire. « Bien, alors allons-y. Nous revenons dans pas longtemps. Dis au revoir à tout le monde. »

Les enfants répondent en chœur : « Ciaoooo ! »

Francesco sort avec Lavinia et je m'accorde un moment pour respirer profondément et me concentrer sur les enfants restés dans la classe. Pendant que Caterina s'occupe de distribuer les gouaches et les feuilles, je m'approche des pupitres pour vérifier comment avancent leurs travaux. Certains enfants sont plongés dans leurs dessins, d'autres bavardent entre eux.

La porte s'ouvre de nouveau, et cette fois c'est sœur Germana qui entre. « Bonjour à tous ! s'écrie-t-elle. Vous êtes prêts pour la prière ? »

On entend quelques grommellements, mais je ne parviens pas à comprendre d'où proviennent ces protestations.

Sœur Germana paraît désolée pour moi.

« Giulia, la mère supérieure voudrait te parler encore une fois.

— Maintenant ?

— Maintenant ! »

Le long du couloir des ombres, le silence amplifie chacun de mes mouvements. J'arrive devant la porte et frappe doucement.

« Entrez ! »

Mère Benedetta est assise devant son bureau. « Assieds-toi », me dit-elle en m'indiquant la chaise face à elle.

Pendant que je m'installe, je remarque qu'elle a en main un chapelet.

« *In nomine Patris, et Filii, et Spiritus Sancti...* susurre-t-elle. *Ave Maria, gratia plena, Dominus tecum, benedicta tu in mulieribus, et benedictus fructus ventris tui, Jesus. Sancta Maria, Mater Dei, ora pro nobis, peccatoribus, nunc et in hora mortis nostrae. Amen.* »

Le rythme de sa prière semble s'accélérer et s'intensifier. Et tandis que je perçois sa voix, la figure de sœur Benedetta commence à se déformer. Ses mains s'agrandissent, deviennent des serres entourées de racines, ses traits s'altèrent et ses yeux se creusent, telles des cavernes inexplorables. Un masque de pure souffrance et de terreur se glisse sur son visage.

Je ferme les yeux, en espérant que tout prendra fin rapidement.

« Giulia. » La voix de la mère supérieure me ramène à la réalité. « Je ne tolérerai plus le moindre retard. C'est la dernière chance que je te concède. Si cela se produit encore une fois, je prendrai des mesures plus sévères. Est-ce clair ? »

Je fais un signe d'assentiment. « Oui, cela n'arrivera plus. »

Elle m'examine, puis s'adoucit légèrement. « J'ai eu vent de tes inquiétudes pour cet enfant dénommé Teo. Dis-m'en davantage. »

Qui a pu la mettre au courant ?

Peut-être Caterina ?

Je le lui confirme aussitôt, en tâchant de ne pas laisser transparaître mes doutes, et lui explique, d'un seul trait : « Teo a des bleus sur le corps et j'ai peur, en fait, qu'il ne soit un enfant battu. Et il n'y a pas que cela : il ne parle jamais et il ne regarde pratiquement personne dans les yeux. Je pense qu'il pourrait avoir d'autres problèmes encore. Ou que ces problèmes dérivent précisément de la violence…

— Parles-en à sa mère. Pourquoi pas cet après-midi, quand elle viendra le chercher. »

Je m'attendais à davantage de proximité, davantage de soutien.

Mère Benedetta se lève et s'approche de moi.

Noli me tangere !

Je revois soudain ces mains couvertes de racines entortillées qui cherchent à me saisir. J'ai l'impression de manquer d'air. La pièce se transforme en une grotte obscure et les murs respirent, pareils à un animal endormi.

Je me lève.

Je chancelle, mes jambes tremblent.

« Merci », dis-je avec un filet de voix. Je me dirige vers la porte.

« Va avec Dieu, Giulia. »

Non !

Si Dieu était vraiment là, près de moi, tout cela ne se produirait pas, même si le moindre recoin du très saint édifice de Colomba Antonietti semble vouloir m'inculquer l'idée que, quelque part, Dieu existe. Qu'il me scrute et qu'il est toujours à mes côtés. Un peu comme tous ces gens qui me tournent autour ces jours-ci : omniprésent.

Je m'apprête à rentrer dans la classe quand la silhouette de Marco se découpe au fond du hall. Il a son éternel sourire arrogant et dans les mains ses sempiternels cafés, prêts à nous requinquer. J'aimerais l'éviter, mais, aujourd'hui, j'ai sacrément besoin de cette dose de caféine. Et dans ce domaine au moins, il s'y connaît.

J'esquisse un geste du menton. Il arrive à point nommé.

Il prend appui contre le mur avec la pose classique d'une diva, une jambe croisée sur l'autre, et il me décoche un sourire hollywoodien en me regardant boire son breuvage. « Vu comment tu le bois, je dirais qu'aujourd'hui il te le faudrait carrément en intraveineuse, ton café… »

Je pousse un soupir. Je n'ai pas spécialement envie d'abonder dans son sens, mais il ne me laisse pas le choix : « J'ai le cerveau qui est entré en phase de léthargie, tu ne peux pas savoir à quel point j'en aurais besoin. En perfusion, ce serait possible ? »

Marco ricane et je m'aperçois que j'ai été plus sociable que je ne l'aurais voulu. Je finis par lui sourire, mais, à présent que ma tasse est terminée, je commence à me sentir mal à l'aise.

« Il faut que j'y aille.

— Un moment, attends. » Il tente de me retenir par le coude.

« Marco, je…

— Tu es de toute façon en retard et tu en as déjà pris pour ton grade, le pire est derrière toi.

— Mais je dois quand même retourner travailler.

— Par rapport à cette histoire, je…

— Quelle histoire ? »

Il me lâche et j'en profite pour remettre entre nous un mètre de distance.

« Ce que je te disais sur… nous, quoi. »

Je recule d'un pas.

« Nous ?

— Tu sais bien… Ça me ferait plaisir d'aller boire quelque chose avec toi et de voir si on peut retrouver cette… "alchimie", voilà.

— Alchimie ? (Je suis bouche bée.) Mais tu te rends compte de ce que tu es en train de dire ? "Alchimie" ? » Je réitère ces mots en éclatant d'un rire qui frôle l'hystérie.

« Moi, je pense que ça pourrait marcher ou… du moins, qu'on devrait essayer ; tu ne crois pas que ça en vaille la peine ?

— Mais tu délires complet ! »

Je prends conscience que mon sang est entré en ébullition.

« Pourquoi je devrais le vouloir, vu que c'est moi qui ai rompu ? »

Il s'avance vers moi.

« Parce que je n'ai pas eu le temps de me montrer sous mon vrai jour, et j'ai l'impression qu'ici, loin de toutes les tensions dues à la vie privée, il y a un certain feeling entre nous, voilà. Je crois vraiment qu'il y en a un, Giu.

— Tout ça parce que tu m'offres le café tous les matins et qu'on bavarde un peu ? »

Son visage s'assombrit.

« Tu es en train de t'énerver sans raison. Qu'est-ce que…

— Sans raison ?

— Je veux juste boire un verre avec toi en dehors de ces murs pleins de photos de morts et de fantômes qui rôdent comme des spectres enveloppés dans leurs draps blancs. Qu'est-ce qu'il y a de mal à ça ? »

Je sens sa main qui revient effleurer mon bras.

« Oh ! Mais qu'est-ce que t'as à me toucher ? »

Je recule brusquement et me cogne contre le mur. Ce n'est qu'à ce moment-là que je m'aperçois que nous ne sommes plus seuls. L'ombre de Lavinia s'approche de moi par-derrière.

Marco insiste.

« Peut-être qu'aujourd'hui, ce n'est pas le bon moment, tu ne vas pas bien et…

— Je ne vais pas bien, dis-je en haussant le ton, c'est vrai. Tout comme il est vrai que je n'ai pas envie de rouvrir une porte que j'ai fermée. Fermée, tu m'entends Marco ?!

— Tout va bien ? » demande Lavinia, qui est maintenant à mes côtés.

Je hoche la tête.

« Des histoires entre nous », rétorque-t-il, clairement agacé par la présence de mon amie.

J'insiste : « Un café, Marco ? Tu crois qu'il suffit d'un café pour qu'une fille soit à tes pieds ?

— Giu, me dit Lavinia en m'écartant avec son bras. Laisse tomber, maintenant… avant que quelqu'un ne vous entende. Va dans ta classe, il y a le petit gâteau de Francesco. Ne le fais pas attendre, allez. »

Je ne détourne pas les yeux de Marco ; je sens mes mâchoires serrées.

Je fais un signe d'assentiment à ma collègue et je sors de ce triangle pour retrouver les enfants.

« On en reparlera tranquillement », conclut Marco.

Je ne réponds pas à ses mots. Lavinia est en train de dire quelque chose que je ne comprends pas.

Je m'arrête un moment devant la porte, pour me calmer. Peut-être que j'ai exagéré. Il suffisait d'un « non » à des avances finalement pas si agressives ou si déplacées que cela. Mais ce sont là des discussions que nous avons déjà eues dans le passé. Et, ces jours-ci, le passé me donne la nausée. Et pas seulement le passé lié à mon frère.

Noli me tangere.

Voilà ce que j'aurais dû lui dire.

Ne me touche pas.

Je ne veux rien d'autre ; tout au plus, un café.

J'ouvre la porte. Caterina me cherche aussitôt du regard et elle sent que cette matinée, qui a mal commencé, ne fait qu'empirer.

« Giulia, depuis que tu es arrivée, ma vie ici a perdu de sa monotonie. »

Je comprends que c'est sa façon à elle de plaisanter et elle m'arrache un sourire. Je réplique :

« Tu pourrais m'employer chez toi, je mets le bazar même à domicile !

— Courage, me dit-elle, de nouveau anxieuse. Les journées finissent toujours par se terminer.

— Il ne peut pas pleuvoir tout le temps[1], hein ?

---

1. Célèbre réplique du film de Tim Pope *The Crow : La Cité des anges* (1996).

— Effectivement… Viens, Francesco. Maîtresse Giulia est revenue et elle a l'air d'avoir très faim. Elle a vraiment besoin d'un bon petit gâteau. »

L'enfant crie « Hourra ! » et sautille, ravi. Dans un angle, derrière lui, Teo le regarde avec sa placidité coutumière, puis il rive ses yeux sur moi, avant de se remettre à son dessin.

Le gâteau de Francesco est un donut moelleux, recouvert d'un glacis de chocolat blanc. Le sucre agit comme un coup de fouet sur mon organisme. Je me sens immédiatement revigorée.

« Ça va déjà mieux, hein ? » me fait Caterina en posant une main sur mon épaule.

Si seulement un beignet suffisait à tout résoudre, me dis-je en mon for intérieur. Mais j'acquiesce avec un sourire.

Puis je me lèche les doigts. J'entends des voix en provenance du hall. Celle d'un homme ; c'est sûrement Marco. Et probablement celle de cette hyène de sœur Luisa. J'essaie de les exclure de mes pensées. Alors que ce travail devait être une expérience nouvelle pour moi, je suis tombée dans une toile d'araignée dont les spires se tissent depuis des années. Un monstre digne de Shelob[1], avec la tête de Marco, le cœur de Luisa et les serres de la grande vieille. Bel et bien un monstre. Puis je pense à Buddy et je porte de nouveau mon attention sur Teo. Je m'approche de lui et j'observe sa petite main qui actionne ses pastels sur la feuille de papier avec une assurance étonnante. Dès qu'il a terminé, il me la tend, sans me regarder.

1. Shelob ou Arachne : araignée géante, créature de fiction dans *Le Seigneur des anneaux* de Tolkien.

Le personnage, par terre, ce doit être moi, et la figure gribouillée semble avoir gagné la bataille, vu que même Télégone a l'air découragé. Et puis encore ces plantes rampantes, tout autour. Je plisse les yeux pour mieux étudier le dessin, mais je suis prise d'un tel vertige que je manque de tomber. Je cherche une chaise. Je respire et j'entends mon cœur battre comme un tambour.

Maudit café, me dis-je en maugréant.

Et j'accuse Marco de mon malaise, en jurant en silence.

Mon portable sonne et je me secoue aussitôt. Un message d'Ettore. Je le lirai plus tard. Je me lève et me tourne vers le centre de la classe où Caterina essaie de convaincre deux enfants de partager leur jeu. C'est un modèle de patience. Le mérite en revient peut-être à son Giordano. Les bonnes personnes savent nous donner la bonne énergie.

« Tu as refait tes ongles », lui dis-je, ne le remarquant qu'à cet instant.

Elle rit, satisfaite, et me les montre. Elle a choisi un joli ton bleu clair. « C'est la couleur préférée de Giordano », m'explique-t-elle.

Ma thèse se confirme : les bonnes personnes nous changent la vie.

Je la félicite : « Ils sont vraiment beaux. » Puis je pense à Ettore et je reprends mon portable. Moi aussi, j'ai de la chance, à ma façon ; il ne faut pas que je l'oublie.

21

PENDANT QUE JE DÉAMBULE PARMI LES PUPITRES, je porte mon attention sur Teo. De nouveaux hématomes foncés sont apparus sur son bras. Le contraste avec sa peau claire est frappant. Chaque fois que je les vois, je suis saisie d'une inquiétude que je ne parviens pas à dominer. Je m'aperçois qu'il a terminé deux dessins et qu'ils sont là, sur son bureau, comme mis de côté. Je les prends délicatement pour mieux les examiner.

Dans le premier dessin, Teo s'est représenté avec une expression triste et apeurée. Près de la porte, il y a le personnage récurrent, indéfini et griffonné, qui va à sa rencontre. Ce qui me frappe d'emblée, c'est l'absence de Buddy. Comme si Teo se sentait plus fortement exposé à un danger imminent, et se retrouvait sans protection.

Je passe ensuite au second dessin où l'on voit un homme, certainement Marco, en train d'apporter le café. La manière dont il est représenté est étrange : les contours sont flous, comme pour indiquer une perception faussée, et les cafés sont circonscrits par la formule *Noli me tangere*. Je m'oblige à respirer plus lentement.

Noli me tangere.

Pourquoi Teo a-t-il écrit cette phrase ?

Comment peut-il la connaître ?

Comment peut-il parler latin ?

Mon inquiétude glisse inexorablement vers l'anxiété pareille à une main glacée qui me retient contre mon gré. Une chose s'approche, obscure et menaçante.

Et je crains de ne pas être prête à l'affronter.

Pourtant, je vais devoir me préparer mentalement à une discussion avec Mme Maggi. Ce ne sera pas facile.

Les mots sont importants.

Je le sais.

Et je dois faire attention.

Lorsque la cloche sonne, je sors dans le hall où je vois arriver la mère de Teo. Elle porte un long manteau beige, des chaussures élégantes à talons plats et un sac à main en cuir noir. Elle remarque mon regard et s'arrête, comme si elle avait capté mon intention. Je ne lui fais qu'un signe de tête et j'accompagne le petit jusqu'à la voiture. Je cherche des yeux la Mercedes foncée, mais Mme Maggi se dirige vers une voiture de courtoisie, avec le logo du carrossier sur le côté. Elle installe l'enfant dans son siège et ferme la portière d'un geste prompt.

Je lui adresse un sourire forcé. « Bonjour, madame Maggi, avez-vous quelques minutes ? Je voudrais vous parler de Teo. »

Elle me fixe avec une expression de gêne. « Faisons vite. Je suis très occupée, je n'ai pas toute la journée pour moi. »

Je prends une profonde inspiration, en essayant de garder mon calme. « J'ai remarqué que Teo a souvent des bleus. Je sais qu'il est très vif, mais nous sommes toutes un peu inquiètes. »

J'utilise le pluriel à dessein.

Elle soupire et adopte un ton agacé : « C'est un enfant très actif, il se fait toujours mal. Il n'y a pas de quoi s'inquiéter. »

J'acquiesce, en m'efforçant de choisir les bons mots. « Je comprends. »

Autour de nous, les voitures passent lentement et le vent froid de novembre emporte avec lui le parfum des feuilles humides. « En outre, nous avons remarqué que Teo semble avoir de légères difficultés. Rien de grave, mais… » Il est essentiel de doser les mots avec soin. « Il parle vraiment peu, il n'interagit pas beaucoup avec les autres enfants. »

La mère de Teo serre son sac plus fort contre elle.

« Je pense qu'il pourrait être utile d'évaluer tous ces aspects, voyez-vous. »

Le visage de Mme Maggi se raidit. « Vous songez à des tests pour l'autisme ? »

L'embarras s'insinue entre nous comme un banc de brouillard soudain.

La mâchoire de Mme Maggi se crispe. « Teo n'a aucune difficulté. C'est seulement un enfant timide.

— Ce n'est pas ce que je suis en train de dire. »

Les mots sont importants.

Je reprends mon souffle. « C'est juste que vous pourriez nous aider à mieux comprendre… »

Elle hausse les épaules, son expression est un masque d'indifférence. « Ce n'est pas nécessaire. Il va bien. »

Je continue à la regarder, en cherchant une façon de ne pas clore la discussion trop vite. Malgré son assurance, je perçois dans ses yeux une étincelle d'inquiétude. « Si vous avez besoin de parler ou si vous changez d'avis, nous sommes là. »

Elle ne répond pas immédiatement. Puis elle reprend, sur un ton plus doux : « Tout va bien, vraiment. Il n'y a pas besoin de faire des tests ou autre chose. »

Je sens une bouffée de frustration monter en moi, mais je m'oblige à sourire. « D'accord. »

Elle hoche la tête, se retourne et ouvre la portière de sa voiture. Je suis certaine que sous cette apparence d'impassibilité se dissimule une mère aux aguets.

Peut-être apeurée.

Elle doit demander de l'aide.

Elle doit apprendre à demander de l'aide.

Les mots sont importants. Et j'espère que, dans ce cas, même les miens l'ont été.

* * *

« Ettore… »

Je suis à peine montée dans ma voiture que je le rappelle. Il décroche dès la première sonnerie.

« Miss G., à vos ordres. »

Je souris, malgré tout. « Oui, excuse-moi de te rappeler seulement maintenant, j'ai pris un peu de temps pour parler avec la mère de Teo.

— Comment ça s'est passé ? »

Je soupire. « Ça a été… compliqué. J'ai fait allusion aux bleus que j'ai remarqués sur Teo et à l'éventualité de passer des tests, mais elle a été… évasive. Et même un peu nerveuse. Elle dit que Teo est juste un enfant vif et, en même temps, timide. » Son explication me semble incohérente avec l'attitude de son enfant. Il craint quelque chose ou quelqu'un, c'est évident.

Ettore marque une pause. J'entends les bruits de la circulation en arrière-plan. « G., tu dois comprendre un truc. Il faut que les personnes trouvent la force de se faire aider. Tu ne peux pas les y contraindre, tu dois seulement être là pour elles quand elles sont prêtes. »

Je comprends.

« Tu es une bonne instite, G. Tu es quelqu'un de bien. »

Je ne le remercie pas, par pudeur.

« Il y a aussi un autre point dont je voulais te parler. »

Je démarre et j'allume le chauffage. « Hier soir, en plus de mes cauchemars habituels, j'ai entendu de drôles de bruits dans la maison.

— De drôles de bruits ? De quel genre ?

— Comme si quelqu'un tentait d'entrer. (Je prends une inspiration.) Je n'ai vu personne, mais même Wazowski semblait agité. C'est peut-être juste mon imagination, mais…

— Je suis là dans deux minutes. »

Je n'ai même pas le temps de répliquer qu'il a déjà raccroché.

La peur peut attendre : Ettore va venir.

« Miss G… »

Dès son arrivée, Ettore inspecte la maison. Il s'arrête devant une fenêtre et étudie attentivement les quelques éraflures sur le rebord, puis il s'attaque à l'espace extérieur où je ne vais jamais. « Quelqu'un a vraiment essayé d'entrer, annonce-t-il d'un ton grave en pointant des traces au sol. Ces marques sont fraîches, regarde.

— Et comment tu sais qu'elles sont fraîches ? »

Ettore soulève un éclat de bois sur l'appui de la fenêtre. « Elles sont récentes, ces égratignures : elles n'ont pas encore été décolorées par le soleil ou la pluie. Et puis tu vois, ici, il y a aussi une trace de vernis écaillé. »

À l'idée que quelqu'un se soit approché de si près de ma maison, une angoisse se noue au creux de ma poitrine. Ettore vient vers moi et me met une main sur l'épaule. « Cette nuit, je reste avec toi. »

J'acquiesce. « Tu n'as qu'à juste dire que je te manque, hein… »

Il sourit. « J'ai une condition… poursuit-il. Que cette statuette disparaisse de ta chambre à coucher. Elle me fait frémir.

— Tu n'as rien à craindre. Je l'ai déjà mise au salon. »

Il plaisante, mais pas tant que ça. « Tu devrais carrément la jeter.

— Je ne peux pas et je ne le ferai pas, tu le sais.

— Je comprends, réplique-t-il en baissant la voix. Mais vraiment, G., cette figurine est maléfique. »

Ettore s'assoit sur le divan et me regarde d'un air pensif. « G., nous devons aussi aller voir le pompiste. Le témoin de l'accident. S'il y a quelqu'un qui peut nous donner des infos, c'est bien lui. »

J'hésite.

La dernière confrontation a été un échec cuisant et je crains que cette rencontre ne rouvre ma plaie et ne me rappelle la douleur de la perte de mon frère. « Et s'il ne savait rien ? Et si nous nous faisions des illusions, cette fois aussi ?

— Essayons quand même. Allons lui parler. Au pire, on aura perdu un peu de temps et fait une balade inutile. Et puis après, je pourrai t'emmener manger dans un joli endroit que je connais… »

Je regarde autour de moi et, à cet instant, ma maison me semble plus oppressante que jamais. Peut-être que sortir m'aiderait à me distraire.

« D'accord !

— Allons-y. »

* * *

« Je ne pouvais pas rester… sur le lieu de l'accident, un point c'est tout. »

Michele Piperno est embarrassé, même s'il ne s'agit pas d'un interrogatoire en bonne et due forme. Mais dès l'instant où Ettore a montré son insigne, il a érigé comme une barrière entre nous.

« Vous avez dit que vous aviez vu une plaque d'immatriculation, n'est-ce pas ? » insiste Ettore, sur un ton étrange et éloigné du ton affecté que j'ai l'habitude d'entendre. Là, c'est le policier qui parle, pas mon ami.

« Ah, oui, la plaque… Eh bien, oui, mais pas entièrement. Tout s'est passé rapidement et je ne suis pas certain de tous les détails. Et puis… »

Ettore l'interrompt. « Je ne le laisserai pas réfléchir, m'avait-il prévenue avant d'arriver : je dois déstabiliser ses remparts logiques. » « Mais avec une moto et un homme gisant par terre, vous avez eu le réflexe de vous éclipser le plus vite possible… »

Michele baisse les yeux, puis il se tourne vers moi, comme s'il attendait du réconfort ou voulait s'excuser. C'est à mon frère qu'il aurait dû porter secours… Mon frère qui était là par terre, à cause de moi.

C'est de ma faute !

« Comme je vous le disais tout à l'heure, je… je ne pouvais pas vraiment m'éterniser. Et l'accident n'avait pas l'air si grave. C'est-à-dire que je n'ai découvert qu'après que ce jeune homme était mort. »

Ce jeune homme était mort.

Un coup de poignard. Je déglutis et je tâche de refouler mes larmes.

« Outre votre non-assistance à personne en danger, vous déteniez aussi des informations qui pouvaient se révéler importantes, comme la plaque d'…

— Non, non », s'empresse de répliquer Michele. Il a le regard éteint et les yeux très rapprochés, une barbe mal taillée qui laisse supposer qu'il n'est pas spécialement obnubilé par l'hygiène, et une salopette qui a connu des jours meilleurs, couverte de graisse et de taches d'huile. « La plaque, moi… je ne l'ai pas vue entièrement. Seulement à moitié, et, de toute façon, à quoi pouvait servir ce numéro si…

— Un homme est mort », le coupe de nouveau Ettore, d'une voix glaciale.

Un homme est mort.

Et moi, je tremble.

« Je l'ignorais.

— Forcément, vous êtes parti.

— C'est que je devais…

— Vous deviez ?

— Eh bien, pour tout vous dire… je n'aurais pas dû être là.

— Une histoire d'adultère ? », je suggère en percevant une trace de culpabilité dans son regard. Culpabilité d'avoir une maîtresse, pas d'avoir laissé mourir mon frère.

Espèce de salaud !

« Et si nous allions quand même poser deux ou trois questions à votre femme ? »

Michele devient pâle comme un linge à cette idée. « Écoutez, moi…

— Qu'en dites-vous ? Comme ça, la prochaine fois, le divorcé que vous serez pourra rester là pour accomplir son devoir de citoyen, vous ne croyez pas ? braille Ettore.

— Ce n'est pas de ma faute si ce jeune homme est mort. J'ai la moitié de la plaque de cette Jeep foncée, rien de plus. Comment est-ce que je pouvais savoir que vous auriez besoin de la demi-immatriculation d'une voiture dont je ne suis même pas sûr qu'elle soit responsable de l'accident ? Je l'ai seulement vue filer à toute vitesse. Rien de plus… » Il semble réfléchir en touchant les poils gras de sa barbe. « Je passais en voiture, j'ai vu tout ce va-et-vient et je suis parti parce qu'il y avait déjà quelqu'un qui était en train de s'arrêter derrière moi. Et qu'est-ce que je devais faire ? Il aurait fallu s'y mettre à dix pour assister aux derniers instants d'un mort ? »

Je sens qu'Ettore est au bord de perdre patience, alors je pose ma main sur son bras pour le calmer et le retenir.

Les derniers instants d'un mort.

Ces mots évoquent encore notre discussion autour de la statuette de Télégone. Les derniers fragments de mémoire, liés à ce qui s'est produit. À celui qui, peut-être, l'a tué. Le conducteur de la Jeep foncée.

Ou est-ce moi ?

Michele profite de notre bref moment de silence pour lâcher : « Moi, je n'ai tué personne. »

Ettore lui tend un carnet et un stylo. « La plaque, écrivez ici le numéro. »

Michele prend le carnet et l'observe, les lèvres pincées.

« Ceux dont vous vous souvenez. Je ne vous demande pas de nous raconter les derniers instants de ce mort, vu que vous aviez une douche à prendre et un mensonge à imaginer à la maison, c'est bien cela ? »

Michele ne souffle mot. Il note le numéro et rend le stylo et le carnet à Ettore.

Celui-ci clôt la conversation d'un sec : « Allons-y ; nous en avons assez entendu. »

Je hoche la tête et nous nous éloignons du pompiste. Mais je sens encore ses pupilles sur nous au moment où nous montons dans la voiture et reprenons la route.

« Les derniers instants du mort », grommelle Ettore.

Le pire est passé, il est en train de se calmer.

« Quels peuvent bien avoir été les derniers instants de ton frère ? »

Cette rencontre nous laisse tous les deux perplexes.

* * *

« Je vais chercher les contraventions du jour de l'accident, les caméras du quartier, n'importe quoi. Tout indice qui pourrait nous aider à savoir qui était au volant de cette Jeep », annonce Ettore d'une voix déterminée alors que nous rentrons chez moi. Il passe sa main dans ses cheveux et regarde par la fenêtre, comme s'il guettait quelqu'un. « Peut-être qu'il ou elle a déjà commis une erreur. Ou en fera une, tu peux en être certaine. »

J'opine du chef, mais une ombre de défiance plane sur mon visage.

« G., tu ne peux pas baisser les bras comme ça.

— Il ne s'agit pas de baisser les bras… »

Tandis que j'y réfléchis, je remarque une fissure sur le mur – un détail que je n'avais jamais vu jusqu'à présent. Comme le reflet de la fragilité de ma situation.

« Je sais que c'est impossible. »

Je secoue la tête, pendant qu'Ettore continue à scruter par la fenêtre, avant de poursuivre : « Et même si on le trouvait, qu'est-ce qu'on pourrait faire ? Aller le trouver et lui dire : "Eh, mais c'est toi qui as tué mon frère ?"

— Ça ne marche pas tout à fait comme ça, rectifie Ettore en prenant un verre d'eau sur la table. Et s'avouer vaincu sans combat, c'est se rendre à la peur.

— Et ça, où est-ce que tu l'as entendu ? Dans une de tes séances de coaching ? »

Il digère mon sarcasme en haussant les épaules. « Écoute, tu pourrais au moins éviter de me traiter comme un moins que rien, non ? dit-il en s'approchant du divan où il se laisse tomber lourdement.

— Excuse-moi, Ettore. »

Il me fait signe que je suis pardonnée.

« Et si on se regardait un chouette film ? »

Notre choix se porte sur *The Grand Budapest Hotel*, un film que nous aimons tous les deux. Wazowski se met en boule sur le divan comme un petit roi entre nous.

La pièce s'emplit des couleurs du film, mais mon esprit continue à flotter. De temps en temps, Ettore lance un coup d'œil en direction de la statuette de Télégone posée sur l'étagère, au milieu des fleurs artificielles, dont le regard génère inévitablement un certain malaise.

« Cet objet est franchement inquiétant, murmure-t-il sans détourner les yeux de l'écran.

— Je ne peux pas le jeter, Ettore, tu le sais.

— Oui, oui, j'ai bien compris, réplique-t-il en plissant les yeux. Mais tu ne m'enlèveras pas de l'idée que cette statuette est maudite.

— C'est vrai, bien sûr, dis-je en gonflant la poitrine et en prenant une voix profonde. Et moi je suis le fantôme de la vengeance et je dénicherai le coupable quoi qu'il en coûte ! »

Ettore éclate de rire en secouant la tête. « Qu'est-ce que tu es bête ! » Nous nous envoyons les coussins à la figure. Puis je tente de me reconcentrer sur le film, mais mon attention flanche, car je ne cesse de penser à Teo, à ses bleus, à sa mère fuyante. À mon frère, à la Jeep foncée. À sœur Luisa, à mère Benedetta.

Dans mon esprit se développe tout un labyrinthe de pensées, plus enchevêtrées et plus lugubres les unes que les autres. Et tandis que le film continue à défiler sur l'écran, je comprends que trouver l'issue sera le plus grand de tous les défis.

À la fin du film, nous nous levons en prenant soin de ne pas réveiller Wazowski. Nous nous blottissons sous les couvertures. La présence d'Ettore est rassurante. Le rythme régulier de sa respiration m'aide à me détendre et la chaleur de son corps me procure une sensation de sécurité que je n'avais pas ressentie depuis longtemps.

« Tu sais, les mots sont importants, me dit Ettore, lisant dans mes pensées. (Puis il éteint la lampe de chevet.) Être ici, pour toi, c'est lourd de sens. »

Je hoche la tête et glisse lentement dans les bras de Morphée. « Merci, Ettore. Vraiment. »

Je ferme les yeux, en me laissant bercer par le son cadencé de son souffle. La conscience de ne pas être seule me donne un espoir que je croyais perdu. Je m'endors ainsi, dans l'obscurité de la nuit qui se dissout en sommeil apaisé.

22

Mercredi 15 novembre

Je me réveille en sursaut, mon cœur bat la chamade et ma tête pulse comme si elle allait exploser. Ettore, allongé à mes côtés, se lève aussitôt : « G., qu'est-ce qui t'arrive ? »

J'ai du mal à respirer, je suis incapable de formuler une réponse sensée. Le sol ondoie devant moi et trois minces silhouettes émergent des ténèbres, les traits déformés par la douleur. L'une a les yeux vides ; à leur place, des trous noirs qui semblent aspirer toute espérance. Le visage de la deuxième se met à fondre comme de la cire. La dernière affiche une terrible grimace, avec des dents affûtées telles des lames et des yeux bleus qui me rappellent sœur Luisa.

« Giulia ! Giulia ! » Ettore me secoue légèrement. Sa voix est un point d'ancrage au sein du chaos qui me submerge.

Je parviens à murmurer « Je ne… Je ne… », mais les mots sortent difficilement. « Je ne sais pas ce qui se passe », lui dis-je en indiquant l'espace qui s'étend devant moi.

La figure aux yeux vides remue les lèvres. « *Noli me tangere.* » Ces mots sonnent comme une sentence de mort. Puis du sol surgit une main constituée de racines ; les doigts noueux et rugueux s'allongent vers moi, en cherchant à me saisir. Je sens le froid de la terre humide contre ma peau. Maintenant, les murs sont une forêt obscure où les arbres s'entortillent dans des formes inédites. Un tapis de feuilles moisies recouvre le sol. Je me lève, interpellée par un sifflement. J'ai l'impression de m'enfoncer dans des sables mouvants. Le ronronnement constant dans mes oreilles se renforce, plainte déchirante envahissant les airs. Soudain, j'entraperçois mon frère, son visage blême et son regard hébété. Il s'approche de moi, à pas lents, incertains.

« Pourquoi ne m'as-tu pas sauvé ? » murmure-t-il.

Je sens croître ma souffrance et ma culpabilité. Je distingue la figure d'Ettore qui me serre contre lui. Mais je ne le vois pas. Je ne le vois plus.

« Il n'y a personne ici, G. Reste avec moi, respire. » Sa voix est un écho lointain, comme si elle était assourdie par mes acouphènes. « G., tu m'entends ? »

Je suis de nouveau en proie à des visions ; le monde réel se délite, ne laissant derrière lui que la peur.

Ettore me secoue plus fort afin de me ramener à la réalité. Lentement, les figures se mettent à disparaître et il ne demeure dans leur sillage que les tourments.

Je respire profondément et recouvre peu à peu une sensation de normalité.

Ettore est inquiet. « Ça ne peut pas continuer comme ça. Tu es sûre qu'on n'a pas essayé de te droguer ? »

Je commence à sortir de ce cauchemar éveillé.

« Qu'est-ce que j'en sais, moi ? Quelqu'un pourrait avoir mis quelque chose dans ta nourriture, dans ton eau… je ne sais pas. Mais il faut comprendre ce qui est en train de t'arriver. »

Je regarde autour de moi pour chercher à m'orienter et je balbutie, encore confuse : « Quoi… et qui, surtout ? Comment ? Et pourquoi ? »

Trop de questions condamnées à rester sans réponse.

Ettore parle, et moi je persiste à nier, mais ses mots m'ont mis la puce à l'oreille.

Et si c'était vrai ?

« Demain, je t'accompagne à un laboratoire d'analyses. Avant d'aller à l'école. Tu ne peux pas continuer ainsi. »

J'acquiesce faiblement, trop fatiguée pour discuter.

« Tout ira bien, tu verras », conclut-il, en tâchant de me rassurer. Sa voix est un fil ténu d'espoir auquel je m'accroche de toutes mes forces.

Le ver est dans le fruit.

Et je ne parviens plus à chasser le doute.

* * *

Un son métallique.

De l'eau qui coule.

Le miaulement de Wazowski.

Je me réveille en percevant tous ces sons. Je me lève et je me traîne à la cuisine, en mettant un pied devant l'autre. Ettore est déjà debout ; il porte un T-shirt aux couleurs passées et un pantalon d'intérieur. Il est en train de préparer des pancakes et se déplace avec dextérité entre la table et la cuisinière. Wazowski lui tourne autour, en miaulant et en lui frôlant les jambes. Lorsque Ettore m'entend arriver, il me regarde et esquisse un sourire.

« Comment te sens-tu ? me demande-t-il.

— Mieux, je crois. Merci d'être resté. »

Il opine du chef, garnit un pancake d'une cuillerée de miel et me le tend.

« C'est le jour des analyses. Je ne veux entendre aucune objection. Ne te gave pas trop.

— D'accord. »

Ettore guette un quelconque signe de résistance, mais je n'en montre aucun.

« Tu as eu d'autres visions, cette nuit ?

— Non », lui dis-je en mentant.

Puis je mords dans mon pancake et je sens la saveur du miel qui active mes papilles et me redonne un peu d'énergie. Le plaisir sera de courte durée, car Ettore me presse déjà de m'habiller pour me rendre au laboratoire.

« Allez, allez ! (Il arbore un visage trop sérieux pour être naturel.) En route ! »

Je lui éclate de rire au nez.

« Euh, tu… tu ne vas quand même pas m'accompagner en pyjama ?

— Mais qu'est-ce que tu racontes ? réplique-t-il avec une demi-pirouette. C'est pas un pyjama. *This is stylish sleepwear*[1] ! »

J'abdique, le sourire aux lèvres.

« OK, monsieur le styliste, allons-y. »

Ettore s'installe au volant.

« J'ai demandé à mes collègues de surveiller ta maison, quand ça leur est possible. On ne sait jamais… m'annonce-t-il en démarrant.

— Vraiment ? »

Il acquiesce. Il a chaussé ses Ray-Ban habituelles.

1. « C'est un vêtement de nuit stylé ! »

« Oui, ils m'ont assuré qu'ils étaient sur le coup, surtout pendant la journée. »

Je souris, emplie de gratitude.

Et je ne peux que lui dire : « Merci ! »

Ettore se gare juste devant l'entrée du laboratoire médical.

« Tu voulais peut-être y entrer en voiture ? » Je fais une tête scandalisée.

Il caresse le volant de sa Mini.

« Il vaut mieux pas, ça risquerait d'abîmer mon bolide. »

J'ignore sa boutade et me dirige vers la borne d'accueil pour prendre mon numéro. Ce sera le 18.

Je m'attendais à pire.

Je m'installe dans la salle d'attente pendant qu'Ettore va parler à un jeune blond d'une trentaine d'années, assis derrière le comptoir. Ces deux-là semblent se connaître. J'en profite pour sortir les dessins de Teo de mon sac. Je ne saurais dire pourquoi, mais j'ai eu envie de les emmener avec moi. Je me perds volontairement au milieu des couleurs et des lignes, afin de saisir chaque détail. Un des dessins attire particulièrement mon attention.

Il représente un personnage, avec une expression sombre et sévère, qui ressemble à sœur Luisa, en train de préparer mon petit gâteau. On dirait qu'elle met quelque chose dans la pâte, peut-être du poison.

Entre-temps, Ettore a terminé sa discussion avec le jeune homme et il revient vers moi.

« Quelle tête tu fais, G. !

— Regarde. » Je lui tends la feuille.

« Et si Teo cherchait à me dire quelque chose ? C'est comme si sœur Luisa était en train d'empoisonner ces petits gâteaux. »

Il examine le dessin, puis il me regarde, en secouant la tête.

« Je ne sais pas, G. J'ai plutôt l'impression qu'elle verse du sucre, et puis, de toute façon, c'est toujours le fruit de l'imagination d'un enfant. Cela pourrait signifier tout et son contraire. »

Avant que j'aie eu le temps de répondre, une voix appelle le numéro 18.

C'est mon tour.

Je me lève et je me dirige vers la salle de la prise de sang. Je soulève la manche de mon sweat sans cesser de penser aux dessins de Teo. Peut-être qu'il tente de me transmettre un message. Quelque chose que lui sait, et que je ne parviens pas encore à saisir.

* * *

Malgré ma halte au centre médical, j'arrive à l'heure au travail. J'entre au Colomba Antonietti avec des sentiments mitigés : de soulagement, parce que je n'ai aucune peur d'être convoquée par la grande vieille, et de nervosité, parce que le doute que m'a instillé Ettore prend de plus en plus de consistance.

Tu es sûre qu'on n'a pas essayé de te droguer ?

Sa question a un sens, son inquiétude aussi. Sinon je ne me serais pas laissé traîner si facilement au laboratoire. D'autant plus que je déteste les piqûres. Mais tant que je n'aurai pas reçu les résultats, nous devrons en rester au stade des suppositions. Autour de moi il n'y a aucune certitude, seulement des ombres qui rampent, exactement comme celles que dessine Teo. Exactement comme celles qui planent sur la relation de cet enfant avec ses parents. Et comme le tourment du décès de mon frère qui me colle à l'âme et dont je ne réussis pas à me défaire.

Noli me tangere.

Et ces cauchemars qui deviennent de plus en plus sombres et effrayants.

« Tu vas un peu mieux, aujourd'hui ? »

Caterina est toujours aussi attentionnée. J'envie sa tranquillité, sa façon de jouir des petites choses, en laissant glisser les soucis.

« Une nuit de chien, mais, maintenant, ça va vraiment mieux et…

— Et quoi ?

— Non, excuse-moi ; il y a une idée qui m'a traversé l'esprit, mais j'ai perdu le fil de mes pensées. »

Je préfère ne pas lui parler des analyses. Après tout, c'est une amitié toute récente.

Elle rit. « Cela m'arrive souvent aussi.

— Nous avons trop de soucis, lui dis-je en plaisantant.

— Et trop d'enfants à surveiller ! » renchérit-elle en attrapant le bras d'un Mirco tout excité.

Il parvient à lui échapper et me tend une feuille.

Dans le dessin, je nous reconnais, Caterina et moi. Nous sommes entourées d'une guirlande de cœurs, mais aussi d'une multitude de religieuses à l'air sombre. Le contraste entre la gaieté des cœurs et la mélancolie des religieuses crée une sensation qu'il m'est difficile de décrire.

Caterina me rappelle, en posant une main sur mon épaule.

« De toute façon, viendra le jour où on n'aura plus le dessus sur lui ?

— Eh, vous êtes déjà en train de vous plaindre ? » La voix de Lavinia nous surprend au milieu d'un éclat de rire.

« Ciao ! lui dis-je pour la saluer. On n'est pas en train de se plaindre.

— Comment est-ce qu'on pourrait se plaindre de ces… anges ! » ajoute Caterina.

Sur le pas de la porte, Lavinia éclate de rire à son tour. « Aide-moi à mettre de l'ordre dans le petit débarras, s'il te plaît, me dit-elle. La grande vieille veut faire de la place et elle a collé des étiquettes sur ce qu'il faut bien ranger.

— Oh, marmonne Caterina, et Marco ? »

Lavinia hausse les épaules. « Lui, il doit surveiller les couloirs, tu sais bien.

— Allez, on y va ! (Je dis au revoir à Caterina d'un signe de la main.) Je te laisse faire l'arbitre toute seule quelques minutes. »

Autour de nous, les enfants continuent leurs jeux, dont certains sont difficiles à décrypter. Et dans un coin, il y a Teo, l'éternel solitaire qui dessine.

« En vérité, il n'y a pas grand-chose à faire, avoue Lavinia une fois que nous sommes dans le hall. Mais je n'avais pas envie d'être toute seule. Au moins, on pourra un peu bavarder. »

Je la taquine en riant : « Tu es vraiment une mauvaise fille ! » Je prends une longue inspiration, car je ne me suis pas encore entièrement remise de cette nuit infernale.

« De toute façon, tu arrives toujours en retard. » J'accuse le coup. « Donc Caterina a l'habitude de se débrouiller toute seule ! » poursuit-elle.

Nous croisons sœur Germana, qui nous salue d'une voix forte : « Bonjour, mes belles… »

Elle est toujours aussi vive ; à croire qu'elle ne connaît pas la fatigue. Nous lui disons bonjour à notre tour et elle s'éclipse, tel un éclair.

« J'aimerais tant avoir sa vitalité.

— Encore à te plaindre !

— Non, c'est que… je me sens trop faible. Là… c'est bizarre, voilà.

— Ton nouveau rythme de travail ? » s'enquiert Lavinia.

Nous entrons dans le débarras qui est partiellement rangé. Lavinia m'indique quelques cartons dans un coin.

« Qu'est-ce que j'en sais… En tout cas, ce matin je suis allée faire des analyses dans un laboratoire médical, pas loin d'ici. » Je ne lui dis pas que c'est Ettore qui m'y a emmenée ; pas la peine d'entraver la suite de nos échanges.

« Carrément ? réplique-t-elle, avec une note d'inquiétude dans le regard.

— Je peux te dire la vérité ?

— Tu envisageais de ne pas me la dire ? »

Je soupire ; il n'est pas simple d'affirmer certaines choses sans passer pour une folle.

« J'ai peur d'être sous l'effet de substances spéciales, voilà.

— Tu as peur de quoi ? »

Je m'apprête à répondre, quand un bruit de pas dans le hall m'immobilise. Marco apparaît à la porte avec une petite mine. Il tient ses sempiternels cafés et se penche pour les poser sur une table recouverte de documents. « Le calumet de la paix », murmure-t-il en esquissant un demi-sourire.

« Marco, je…

— Pas de discussions aujourd'hui, promis. Un café, ce n'est qu'un café. Et… l'autre est pour toi, Lavi.

— Et après, il faut que j'aille dîner avec toi ? réplique-t-elle d'un ton acide.

— Ce n'est qu'un café », répète-t-il. Il lève la main et disparaît aussi vite qu'il est apparu.

Nous regardons la porte un instant, hébétées, puis nous éclatons de rire en plaquant la main sur nos bouches, pour ne pas nous faire entendre.

« Il est complètement idiot, ce type », déclare Lavinia.

Je prends le café et le bois à petites gorgées. Il est encore chaud et je reconnais que j'en avais bien besoin, avec ou sans invitation à dîner.

« Qu'est-ce que tu disais ? demande Lavinia.

— J'ai fait des analyses ce matin parce que je me sens vraiment bizarre. Peut-être que quelqu'un est en train de me droguer. »

Lavinia me fixe, bouche bée.

« Mon Dieu, Giu, mais là, t'es en pleine parano ! »

Je hausse les épaules sans mot dire et termine mon café.

« Excuse-moi, hein, mais qui pourrait faire une chose pareille ? Et puis ce n'est pas un truc qu'on fait *juste histoire de*… Je me lève un beau matin, et je décide de droguer Untel ou Untel. Il faut un mobile, tu ne crois pas ? »

J'acquiesce et je jette mon gobelet dans la corbeille.

« Peut-être que tout cela est lié à mon frère... ou à la statuette que j'ai trouvée...

— D'accord ; cette tragédie est en train de te bousiller, je le vois bien. Mais de là à te droguer... et dans quel but ? »

Lavinia a un geste qui me surprend. Elle se saisit du café que Marco a apporté pour elle et le verse, tel quel, dans la corbeille, sans même en boire une goutte.

« Qu'est-ce que tu fais ?

— Un mobile, tu te souviens ?

— Et qu'est-ce que ça a à voir avec le café ? »

Lavinia secoue la tête en souriant.

« Tu as évincé Marco ; ça, il ne l'accepte pas. La discussion que vous avez eue en est la preuve.

— Et il me droguerait parce que je ne veux plus de lui ?

— Tu ne lis pas beaucoup les faits divers, hein ?

— Non, je ne peux pas y croire. »

Lavinia désigne la corbeille où son café a sali les vieux papiers.

« Pour quelle raison ? demandé-je. Qu'est-ce qu'il pourrait en retirer ? »

Cette fois, c'est mon amie qui hausse les épaules.

« Il te déstabilise, il t'affaiblit, et puis... qui sait. Tu n'espères pas pénétrer le cerveau d'un malade mental, quand même ? »

Des voix nous parviennent du hall : Marco et sœur Germana.

Je remue la langue dans ma bouche qui s'est imprégnée du goût amer du café et, pendant un instant, je sens un léger haut-le-cœur que je parviens à réprimer. Lavinia garde le silence et m'observe avec son air de Madame Je-Sais-Tout.

« Tu veux qu'on essaie d'aller jusqu'au bout de cette histoire ? » me propose-t-elle.

Je suis interloquée. « Qu'est-ce que tu dis ?

— Tu ne vas pas continuer à boire ces fichus cafés et à rester dans le doute, non ?

— J'aurai le résultat de mes analyses dans deux jours.

— Mais bien sûr, attends encore deux jours, et tu verras. Les choses arrivent sans nous laisser le temps de nous y préparer ; tu le sais, ça ?

— Tu commences à me faire peur.

— Oui, il y a de quoi, Giu.

— À quoi tu penses précisément ? »

Elle m'explique une théorie qui peut sembler un peu folle, mais qui n'est pas dénuée de sens.

23

De retour à la maison, je constate que la porte fait plus de bruit que d'habitude en se refermant. J'ôte mon manteau ; je l'accroche et me laisse tomber sur le divan. Wazowski me saute sur les genoux ; ses ronrons sont une mélodie réconfortante au milieu de mes pensées chaotiques. L'idée que Lavinia pourrait avoir raison me traverse l'esprit.

Et si Marco était vraiment en train de me droguer ?

Le café ne m'a pourtant pas incommodée. Je me sens même légèrement mieux. Je songe au fait que je n'ai pas mangé le petit gâteau du jour, un baba – préparé par Marta, me semble-t-il. Je l'ai jeté en cachette dans la poubelle. D'accord, c'est probablement le café qui est drogué, mais sait-on jamais.

Ettore a promis de me rejoindre ce soir, alors pour faire passer le temps, je sors de mon sac deux dessins de Teo. Je ne les ai pas encore regardés ; il me les a donnés juste avant que la cloche sonne et qu'il s'en aille, avec son air mélancolique imprimé sur son visage. J'examine le premier :

Des aiguilles glacées me transpercent la colonne vertébrale. Encore ce gribouillis humanoïde qui attaque Teo, avec Buddy qui le protège. Puis je vois une voiture foncée, remisée dans une sorte de carrosserie avec dessus, ou dedans, Télégone. Près de la voiture, je distingue une moto qui ressemble trait pour trait à une Ducati noire, comme celle de mon frère.

Et si le pompiste avait mal vu et que, au lieu de la Jeep, c'était précisément la Mercedes foncée de la famille Pietroboni qui avait causé la sortie de route de mon frère ?

Peut-être que Teo se trouvait à bord et qu'il a tout vu, y compris le fait que la voiture a été emmenée au garage.

Je soupire et me penche sur le second dessin.

Dans la chambre de Teo, il y a encore ce personnage gribouillé. Cette fois, cependant, il englobe Teo. Buddy, en revanche, n'est pas là et Teo semble être en train de perdre la bataille. Je place ce dessin à côté du précédent pour mieux les comparer lorsque j'entends la clé tourner dans la serrure. Ettore a l'air épuisé.

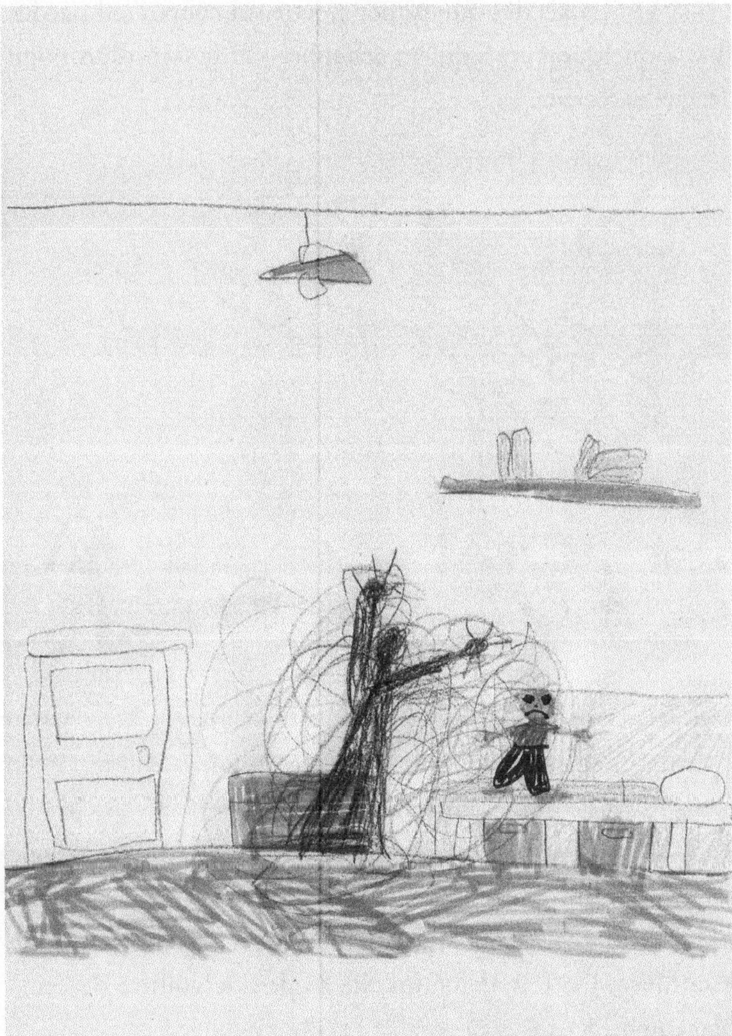

« Eh, dit-il en s'efforçant de sourire, tout va bien, G. ?

— Oui, il y a du mieux. »

Il s'attarde à son tour sur les dessins. « Sûre ? »

— Oui, mais dès que tu peux, jette un coup d'œil par ici. Il y a quelque chose qui m'échappe. J'ai besoin d'un point de vue extérieur. »

Ettore hausse les sourcils et affiche un air perplexe.

« Qu'est-ce qui te chiffonne ?

— Avoue que la ressemblance avec la moto de Daniele est troublante… dis-je avec un soupçon d'impatience. Et je ne crois pas qu'il l'ait imaginée. Hier, quand j'ai parlé à sa mère, j'ai remarqué qu'elle avait une voiture de remplacement. »

Ettore hausse les épaules. « G., ce n'est qu'un dessin d'enfant…

— Ettore, crois-moi : il y a quelque chose de bizarre. »

Il s'immobilise, pensif.

« Et si c'était l'esprit de Télégone qui avait pris possession de Teo ? Ou de toi ? Ou même de moi, vu que la statuette est ici ?

— Nous y revoilà… »

Il m'interrompt d'un geste de la main et s'approche de la figurine : « Télégone était le fils d'Ulysse et de la magicienne Circé. On dit que ceux qui en possèdent la statuette sont destinés à être poursuivis par des cauchemars, jusqu'à ce qu'elle soit remise à sa place d'origine.

— Et où est cette place ? »

Ettore me regarde droit dans les yeux. « Je ne le sais pas, G., mais on doit le découvrir. Et, entre-temps, l'éloigner de nous. »

Je murmure : « *Noli me tangere.* » Ces mots qui reviennent comme un leitmotiv et qui sonnent comme un avertissement.

Ettore hoche la tête. « Oui, ne la touche pas. Tu n'aurais pas dû la prendre en main, mais la laisser où elle était… »

La culpabilité m'assaille le corps et l'esprit. Si je l'avais laissée là-bas, parmi les ruines de Tusculum, il ne serait peut-être rien arrivé à mon frère.

Tout aurait été différent.

Ettore semble deviner mes pensées. « G., j'ai eu tort. Ce n'est pas ta faute. Tu ne pouvais pas savoir… »

Je ne réponds pas.

Il m'effleure, en m'obligeant à le regarder. « Je ne t'ai jamais parlé de ma famille ni de mon père… »

Je lui confirme que non. Ettore n'a jamais abordé ce sujet.

« Pa… Papa, commence-t-il, puis il se tait, pour déglutir. Tu vois, j'ai même du mal à l'appeler ainsi. (Il poursuit sur un ton nerveux :) Papa était un homme violent. Chaque fois qu'il buvait, et cela arrivait régulièrement, il devenait une autre personne. Un monstre. En somme, c'est le genre d'histoire qu'on entend souvent raconter et qu'on lit fréquemment dans les journaux. Je ne me sens pas quelqu'un de spécial pour cela. (Il fait les cent pas dans le salon.) Eh bien, une nuit, après une de ses colères habituelles, ma mère a décidé de s'échapper et de m'emmener avec elle. J'avais dix ans. On était en voiture, pour aller chez une tante, quand une pluie diluvienne s'est mise à tomber. La voiture a fait une embardée et on s'est retrouvés hors de la chaussée. Ma mère s'est cassé un bras. (Sa voix se brise alors, mais il enchaîne aussitôt :) Moi je m'en suis sorti avec quelques blessures. Pendant des années, j'ai cru que c'était ma faute, parce que mon père avait recommencé à boire après ma naissance. »

Je le regarde, le cœur lourd à l'idée de la douleur qu'il doit avoir éprouvée.

« Mais ensuite, j'ai compris. (Sa voix est désormais empreinte d'un peu plus d'espoir.) Ce n'était pas ma faute. Mais seulement celle d'un homme faible, incapable d'aimer, et qui avait fait de notre vie un enfer. J'ai réalisé que je ne pouvais pas continuer à vivre avec ce poids et que je ne pouvais pas le laisser gagner, même après sa mort. On doit seulement apprendre, comprendre et aller de l'avant. Tu n'es pas responsable de tout ce qui arrive. Parfois, les choses arrivent, tout simplement. Voilà tout. »

J'acquiesce, en sentant qu'une petite partie de moi commence à s'alléger.

Sa voix est calme, mais ferme. « La vie est faite de choix, G. Certains sont bons, d'autres non, mais, à la fin, c'est la façon dont on les assume qui définit notre identité. On ne peut pas changer le passé. Mais on peut décider comment vivre notre présent et construire notre avenir. Je sais combien ce que je dis est banal, mais ça n'en reste pas moins vrai. G., il faut qu'on comprenne ce qui est arrivé à ton frère. Avais-tu observé quelque chose d'anormal chez lui avant sa mort ? »

Je secoue la tête, en essayant de me le remémorer. « Je ne sais pas, Ettore. Daniele était… normal. C'est-à-dire, comme toujours. »

Ettore attend, suspendu à mes lèvres.

« Cela faisait quelques jours qu'on ne se voyait pas. Je me souviens d'un message où il me disait qu'il avait coupé l'herbe de son jardin. Ça devait être un dimanche. (Je regarde autour de moi et je note que la lumière du crépuscule colore maintenant les murs d'un camaïeu orangé, aux nuances dorées.) Il m'avait dit aussi qu'il avait dîné la veille avec quelques amis. Ah, il m'avait également parlé d'un nouveau projet auquel il travaillait avec un de ses vieux profs et qui semblait beaucoup l'enthousiasmer. »

Ettore m'observe, en silence.

« Il a évoqué aussi un tour à vélo jusqu'au parc. Il est rentré à la maison en nage et m'a dit qu'il avait besoin de se détendre. Il m'a parlé d'un livre qu'il voulait lire, *La bambina di Kaboul*[1], je crois, un de ceux que je lui avais offerts pour son anniversaire. Et puis… on s'est vus… (Je ferme les yeux et je revis les émotions de ce soir-là.) On s'est disputés… à cause de cette maison, dis-je en traçant en l'air un cercle de mon doigt. Et de la statuette. Lui, il voulait la remettre aux Beni Culturali alors que moi… je… (J'essaie de retenir mes larmes.) Et puis… ce soir maudit, avant de sortir, il a passé un coup de fil. »

Ettore hausse un sourcil.

1. L'autrice, Saliha Sultan, retrace dans ce livre son parcours de vie ; elle y chante un hymne à la liberté et exhorte à ne jamais baisser la tête ni se laisser imposer le silence.

« Un coup de fil ?

— Oui. »

Je me mords les lèvres et je baisse les yeux. Je le rejoins à la fenêtre.

« Tu te rappelles qui il a appelé ? »

Ettore me regarde, le sourcil toujours levé.

« Un certain Ambrogio. Si je me souviens bien, c'était un vieux professeur avec lequel il collaborait à un nouveau projet. Je t'en ai parlé, tout à l'heure… »

Il me coupe.

« Et qu'est-ce qu'ils se sont dit ?

— Je l'ignore. Ils ont évoqué la statuette de Télégone… Ils ont dit qu'ils devaient se rencontrer pour en discuter. Je n'en sais pas plus. »

Ettore opine du chef, puis il sort son portable et pianote sur son écran. « Ambrogio… Ambrogio… » Il remue ses doigts de plus en plus vite, puis il claque la langue. « Ambrogio Mariani. C'est un professeur d'archéologie à l'université La Sapienza de Rome. Il a publié plusieurs études et articles sur des antiquités, et il est considéré comme l'un des plus grands experts en Italie. Il a même collaboré avec différents musées et instituts de recherche au niveau international.

— Eh bien, il pourrait être notre homme, non ? »

Cette déduction m'exalte.

Ettore fait signe que non, en esquissant un faible sourire. C'est de nouveau le policier que j'ai devant moi, et non plus l'ami.

« Eh, Speedy Gonzales, attends. Ne tirons pas tout de suite des conclusions hâtives.

— Mais enfin ! Tu viens de dire que…

— J'ai dit qu'il y a un Ambrogio qui pourrait être l'Ambrogio à qui a parlé ton frère. Et puis, même si c'était lui, un coup de fil, ça ne change pas grand-chose. N'oublie pas que j'ai la capacité de lire dans tes pensées comme si c'étaient des BD, d'accord ? Et je sais que tu es déjà en train de calculer que 2 + 2 ça fait 4 et que, du coup, tu as ton assassin entre les mains. »

Je me raidis à ce mot. Il doit s'en apercevoir parce qu'il se relâche soudain ; il prend mon visage entre ses paumes et remue mes joues comme celles d'un enfant. « Giulia ? »

Je lui marmonne un « oui » de ma bouche coincée entre ses mains.

« On ira jusqu'au bout de cette histoire, je te le promets. Mais toi aussi, tu dois me promettre une chose. Tu dois me faire confiance et tu ne dois pas te laisser éblouir par les détails qu'on assemblera pas à pas, parce qu'ils seront comme de petits triangles de verre, dispersés par terre et prêts à refléter le moindre rayon de lumière, sauf qu'ils t'induiront en erreur. Un travail d'enquête n'avance pas à coups d'indices approximatifs, mais par de petits points lumineux qui, mis bout à bout, indiquent la voie.

— Ah bon ? » lui dis-je avec un grand sourire.

Il est adorable quand il prend soin de moi de cette manière.

« Les preuves ; il n'y a que les preuves qui comptent, et pas ce qu'on croit vrai.

— Et, quelquefois, ça ne coïncide pas ? »

Il acquiesce.

« Parfois oui, parfois non.

— Mais ces petits reflets, on devra quand même les suivre, non ? »

Wazowski passe entre nos jambes en ronronnant, puis lance quelques miaulements pour attirer notre attention. Il pousse ensuite sa tête contre mon tibia. Je l'ignore.

« On les suivra tous, je te le jure. Mais pas de bêtises. Tu dois savoir déterminer quand cette lueur n'est qu'une pure et simple lueur et…

— … et pas un indice.

— Voilà.

— Commençons par cet Ambrogio ? » dis-je, impatiente.

Je me rends compte, avec un brin de honte, que je n'ai pas besoin de trouver un coupable, mais seulement de libérer mon esprit de cette responsabilité. Et ça, c'est un constat que je ne suis pas à même de confier à qui que ce soit, même pas à Ettore.

« Exactement, me confirme-t-il avec un sourire et un long soupir. (Il a une patience d'ange.) Et j'en profite pour demander tout de suite à un ami de me rendre la faveur que je lui ai faite. Je donne ce coup de téléphone et on verra si certains de ces petits triangles vont nous éblouir par un beau reflet lumineux. »

Il se penche et m'embrasse sur la joue, puis il retourne au milieu du salon, se saisit de son portable et s'affale dans le fauteuil. Trente secondes plus tard, il bavarde avec quelqu'un. Au ton affecté de sa voix et aux mots qu'il choisit avec soin, je conclus qu'il ne parle pas à un collègue, mais à une personne avec laquelle il entretient une complicité mâtinée de malice.

Je fais les cent pas tandis qu'Ettore feint d'ignorer ma nervosité. Il me connaît par cœur. Il a téléphoné pour demander un service ; il doit donc être courtois et ne pas donner l'impression qu'il s'agit d'un appel intéressé. Ce que je comprends bien, mais je trépigne, surtout lorsque je l'entends citer le nom d'Ambrogio Mariani et demander des informations sur sa voiture. Il n'évoque pas le numéro d'immatriculation partiel que nous détenons.

« Maintenant, ce n'est pas possible, mais… oui, bien sûr, devant un spritz, c'est faisable. Non non, c'est une question professionnelle et… privée en même temps, sinon je ne t'aurais pas sollicité comme tu t'en doutes. Alors j'attends ton message. Cri… Même pour aller boire quelque chose, mais oui, je te l'ai dit, oui. Ça me fait plaisir aussi, qu'est-ce que tu crois ? »

Lorsqu'il raccroche, je me précipite sur lui pour qu'il me relate la conversation dans les moindres détails.

« Alors ? dis-je, agenouillée devant lui.

— Tu me fais une demande en mariage ?

— J'irais jusque-là, crois-moi, dis-je en souriant et le cœur palpitant. Et donc ?

— Cristiano va nous rappeler dès que possible, un peu de patience.

— Quand précisément ? »

Ettore rit en penchant la tête en arrière.

« Le temps que tu ailles à la cuisine me préparer un bon café, et comme il faut s'il te plaît ! »

Je souris de toutes mes dents.

« Si vite ?

— G., tu te souviens de l'histoire des reflets et des petits triangles ?

— OK, j'ai compris. »

Je me lève et me précipite à la cuisine.

« Tu as compris ce que je t'ai dit ? crie-t-il depuis le salon.

— Les petits triangles, oui. Tout ce qui brille n'est pas or ; il y a même un proverbe là-dessus ; c'est pas toi qui inventes les choses, tu sais ?

— On me sanctifiera.

— Le temps d'un café, tu as dit ? »

Je répète en haussant la voix pour qu'il m'entende depuis l'autre pièce.

« Oui, répond Ettore, mais seulement s'il est bon ! »

Le message de Cristiano arrive alors que je pose le café sur la table basse. Je le renverse d'un geste brusque, en salissant tout, y compris le tapis, et en évitant Wazowski de justesse. « Merde ! » Je lâche ce juron et bondis derrière les épaules d'Ettore pendant qu'il ouvre WhatsApp.

* * *

Quelques minutes plus tard, nous sommes en voiture. Ettore conduit, les yeux braqués sur le ruban de la route qui se déroule devant nous. J'ai refait un café ; nous l'avons bu rapidement et sommes partis aussitôt après chez Ambrogio Mariani pour vérifier si le professeur a garé sa voiture dans les parages et éventuellement trouver d'autres indices. Par exemple, des dégâts compatibles avec ceux décelés sur la moto de mon frère, ou je ne sais quoi d'autre.

« Lavinia a eu une idée, dis-je à Ettore après un moment de silence. Elle a décidé d'installer des caméras à la cantine afin de voir si quelqu'un m'empoisonne. »

Ettore lève un sourcil, mais reste concentré sur la chaussée.

« Des caméras à la cantine ? Lavinia ne fait jamais rien à la légère, hein ?

— Exact. Elle m'a dit que ce pourrait être une façon d'obtenir des preuves concrètes. Mais je ne crois pas que ce soit légal. Donc je me demande si c'est une si bonne idée que ça. »

Ettore soupire.

« Effectivement ; juridiquement, ça ne l'est pas… mais cela pourrait vraiment nous aider à comprendre ce qui se passe.

Il faut simplement faire très attention. Sois tranquille, on découvrira la vérité sur ce point aussi. »

Je hoche la tête, tout en observant le paysage qui ne cesse de changer. Les maisons de campagne cèdent la place aux quartiers résidentiels, avec des villas proprettes et des jardins bien soignés. Les fenêtres commencent à s'éclairer, jalonnant le crépuscule de rectangles lumineux.

Le ciel s'est assombri lorsque nous arrivons à proximité de la maison d'Ambrogio Mariani. Ettore se gare et éteint le moteur.

« Bien, nous y voilà. » Il ouvre sa portière et il sort.

Je le suis, puis me poste face à la maison. Elle est grande et austère, entourée d'un jardin bien entretenu. Pas de Jeep noire à l'horizon.

« Et s'il l'avait mise au garage ? Et s'il n'était pas chez lui ? dis-je à Ettore, qui est en train de vérifier de l'autre côté.

— Eh, du calme ! C'est juste un coup d'essai. » Le sourire d'Ettore me réconforte.

Nous décidons de passer la rue au peigne fin. La lumière des réverbères projette des ombres allongées et chaque son semble amplifié par la tension qui nous habite. Finalement, je repère une Jeep noire, à une trentaine de mètres de l'habitation du professeur Mariani.

« Là », dis-je dans un murmure en indiquant la voiture.

Ettore opine du chef et me rejoint prudemment, en regardant tout autour. Nous observons l'extérieur du véhicule – les ailes, les roues, le pare-chocs – en nous attardant sur le côté droit, où pourraient se trouver les dégâts.

À première vue, rien. Pas la moindre égratignure.

« Je ne vois rien de suspect, chuchote Ettore, en se penchant pour mieux examiner le pare-chocs. Elle a l'air intacte.

— Et s'il l'avait déjà fait réparer ? »

Réparer, me dis-je dans mon for intérieur.

Exactement comme dans le dessin de Teo.

Autour de moi, tout est absorbé dans un trou noir. Chaque perception est aspirée par le néant. Ne demeure que le dessin de Teo devant mes yeux.

« G., tu m'écoutes ? » Ettore m'effleure le bras et me ramène au présent. Puis, un peu interdit, il indique un angle du pare-chocs qui paraît moins poussiéreux que le reste de la voiture. « Elle pourrait avoir été réparée récemment, ou c'est peut-être seulement une coïncidence. Impossible d'en être certain. » Puis il se lève et secoue la tête. « Rentrons. On ne peut rien faire de plus. »

Le voyage du retour est silencieux, nous sommes perdus dans nos pensées. Devant ma maison, Ettore éteint le moteur et se tourne vers moi.

« Eh bien, au moins, on aura vérifié. On ne pourra pas dire qu'on n'a pas essayé. »

J'esquisse un faible sourire.

« Oui, tu as raison. Et c'est peut-être mieux ainsi.

— Demain est un autre jour. » Ettore le dit d'une voix bien posée et les yeux plissés.

J'ai envie d'éclater de rire, mais j'essaie de me retenir, pour ne pas lui donner cette satisfaction. « Tu as beau dire et beau faire, lui dis-je en tournant la clé dans la serrure, tu ne seras jamais aussi classe que Scarlett O'Hara ! »

24

Jeudi 16 novembre

L'AIR EMBAUME LE CAFÉ. Je m'étire sous les couvertures. La lumière cendrée filtre à travers les rideaux, en projetant des ombres souples et floues sur le plafond. Je me lève et m'approche de la cuisine à pas lents. Ettore est là, devant la gazinière, avec Wazowski qui tournicote entre ses jambes en émettant des miaulements menaçants.

Lorsqu'il m'aperçoit, il me fait un large sourire et me tend une tasse de café. « Bonjour, marmotte. »

Je ne peux que grogner en guise de réponse. Ettore est déjà tout habillé.

« Tu as bien dormi ? me demande-t-il en retournant à ses fourneaux.

— Assez bien. J'ai encore rêvé de Daniele et de la statuette de Télégone, mais tout était moins terrifiant que ces derniers jours. »

Ettore avale une gorgée de café et se remet à cuisiner.

« Nous sommes sur le bon chemin, réplique-t-il.

— J'aurais encore mieux dormi si je n'avais pas eu un ami anxieux, en train de faire les cent pas toutes les heures pour aller vérifier s'il y avait dehors des voleurs qui n'existent pas.

— Tu n'es qu'une ingrate ! »

Il termine la cuisson des pancakes et m'en sert un sur une assiette. La douceur du miel et la délicieuse saveur du pancake s'épousent à la perfection. Wazowski tourne autour de la table, en miaulant de manière insistante.

« Ne me mets pas en retard.

— Oh, tu vois comme tu es ingrate ? Je suis la ponctualité faite homme. »

Je souffle sur une mèche de cheveux qui me tombe devant les yeux.

Ettore se lève et met les tasses dans l'évier.

« Allez, dépêche-toi, et je te dépose.

— Je vais accélérer, parce que, sinon, la grande vieille… »

Je n'entends pas sa réponse.

Je suis déjà dans l'autre pièce, debout face au miroir.

Pas mal, me dis-je. *Aujourd'hui, presque pas besoin de ravalement !*

Le trajet vers l'école se déroule sans encombre. Ettore conduit tandis que mon esprit divague. Les rues luisent sous l'effet de l'humidité de la nuit et la lumière du matin soulève des étincelles argentées qui éblouissent les yeux. Un homme d'une soixantaine d'années promène son labrador, tandis qu'une dame, dans les soixante-dix ans, marche rapidement sur le trottoir, avec son chariot de commissions.

Je ferme les yeux et me sens envahie de gratitude à l'idée d'avoir un peu de normalité à laquelle me raccrocher.

* * *

« Tu es sûre que celle-ci marche bien, hein ? »

Lavinia m'a traînée jusqu'à la cantine, qui devrait être déserte à cette heure. Nous avons descendu le hall aussi silencieusement que possible.

« Rien ne marche, jusqu'à ce qu'on ait la preuve du contraire », assène-t-elle. Elle regarde derrière elle, et quand elle est sûre que nous sommes seules, elle ouvre la porte et pénètre dans la salle, en me faisant signe de me dépêcher.

Je vérifie aussi à droite et à gauche. Les seuls yeux que je croise sont ceux de ces maudits tableaux accrochés aux murs, ces fantômes qui surveillent d'un regard chargé d'avertissements le moindre recoin du Colomba Antonietti.

« Allez ! » me talonne-t-elle. Elle m'attrape par le pull et me tire à l'intérieur.

« Tu sais bien que si on se fait choper, ce ne sera pas facile d'expliquer ce qu'on fait là ! Tu veux savoir ce qui se passe, oui ou non ? » insiste-t-elle.

Nous parlons si doucement que j'ai presque du mal à comprendre ce qu'elle me dit.

« Oui, oui, mais…

— Il n'y a pas de "mais". Si quelqu'un entre…

— N'y pense même pas !

— … tu me prends dans tes bras et tu m'embrasses. »

Je dois ouvrir des yeux aussi grands et aussi surpris qu'un personnage de manga, car Lavinia rit, puis plaque une main sur sa bouche.

« Quoi ? lui demandé-je.

— Tu préfères être licenciée pour action illicite ?

— Parce que, à ton avis, une sœur qui nous surprendrait en plein *French kiss* ne nous licencierait pas ?

— Allez, personne n'entrera, à cette heure-ci ! » Et je sais qu'elle a raison. Tout le monde est occupé ailleurs, et c'est le seul moment de la journée où on ne rencontre âme qui vive. « Mais si c'est Marco qui entre, alors…

— Je t'embrasse », lui dis-je, levant les mains en signe de reddition. Mais je sais déjà qu'il ne viendra pas, cela n'a pas de sens.

— Passionné, le baiser, hein ?

— Allez, arrête… Vite, on n'a pas tout notre temps. »

Lavinia redevient sérieuse et m'indique la porte.

« Toi, tu fais le guet là, comme ça si quelqu'un passe dans le couloir, tu me préviens.

— Et…

— Et maintenant, tais-toi et laisse-moi travailler. J'ai tout préparé au mieux en amont. Je dois d'abord trouver un coin adapté et… Le voilà ! Ce Christ de douleur sera la cachette parfaite », murmure-t-elle en s'approchant d'un mur et en grimpant sur une chaise.

Le crucifix est plutôt grand et le Jésus en loupe de bois semble davantage en colère que souffrant. Ce visage a la même expression austère que la statuette que j'ai chez moi. Lavinia a maintenant le Fils de Dieu entre les mains. Elle le retourne pour trouver le moyen d'y dissimuler la petite caméra qu'elle a commandée sur Amazon. En deux temps trois mouvements, elle réussit à l'encastrer, puis elle le pose au-dessus d'un vaisselier. Elle récupère ensuite un vieux pot abritant une plante grasse – plus morte que vive – et le place de façon à bien cacher la caméra.

« Qu'en dis-tu ? » me demande-t-elle après une minute.

Je tends le cou.

« Non, on ne la voit pas, lui dis-je pour la rassurer.

— Bien… Encore un instant », marmonne-t-elle.

Elle descend de la chaise et la déplace sur le côté, puis elle tripote son portable et sourit. « Allez, c'est bon, ça marche. »

La salle est bien visible sur l'écran. On y voit le comptoir sur lequel on pose les plateaux et où l'on prépare souvent le café.

« Faisons un essai », me suggère-t-elle d'un ton d'urgence.

Elle me pousse vers un angle et me fait signe de marcher d'avant en arrière. Je m'exécute comme pour un casting. Je me dirige vers le comptoir et simule la préparation d'un café avec des gestes hâtifs.

Elle me fait un clin d'œil.

« On voit tout à la perfection, exulte-t-elle.

— Sortons, vite. Allez ! Oh non… »

Je me fige et le visage de Lavinia se crispe.

« Qu'est-ce qu'il y a ? demandé-je.

— C'est pas des pas qu'on entend dans le couloir ? s'enquiert-elle.

— Je ne sais… »

Sans me laisser le temps de réagir, elle s'approche et m'embrasse.

Je reste immobile, décontenancée par ce qui vient de se produire. Je sens encore ses lèvres chaudes sur les miennes et ne parviens pas à savoir si cette sensation m'est agréable ou non.

Lavinia éclate de rire.

« Mais regarde ta tête ! C'était notre couverture, il fallait bien la tester, non ? »

Je souris et me détends.

« Espèce d'idiote !

— Allez, on y va », m'exhorte-t-elle.

Je lui emboîte le pas et nous nous jetons un regard complice. Incroyable, on y est vraiment arrivées ! Désormais, tout sera enregistré, au mépris de la *privacy* et de la légalité.

Si je ne me bats pas pour moi-même, pour qui devrais-je le faire ?

Noli me tangere. Cette formule résonne dans mon esprit.

Je me dirige vers ma classe. Aujourd'hui, Teo est absent ; je crois me souvenir que sa mère nous avait prévenues d'une visite médicale. La salle est joyeuse, comme toujours. Mais je suis inquiète pour l'enfant.

Pour moi.

Pour tout.

Je voudrais envoyer un message à Ettore, mais une forêt de mains joueuses m'appelle et me distrait de mon intention première. Caterina est de bonne humeur, comme à l'accoutumée.

Aujourd'hui, pas de café, pas de petit gâteau. Seulement les ombres.

Mais, elles, je ne sais pas comment les chasser.

Je pense à Teo. *Noli me tangere.*

Gare à qui ose le toucher.

25

« Tu as tout récupéré ? »

Lavinia ne me répond pas et me traîne dans l'entrepôt. Elle me fait signe de me taire et s'arrête sur le pas de la porte. Je regarde autour de moi : de vieux cartons et des étagères poussiéreuses. La pièce sent le moisi. C'est absurde d'avoir imaginé que cet endroit pourrait tenir lieu de vestiaire pour les femmes.

« La voilà. » Lavinia entrouvre la porte et me montre la caméra. Elle s'assoit sur un des bancs en bois, extrait la microSD et l'insère dans un adaptateur sur son portable.

« Voyons si on l'a pincé, dit-elle en touchant l'écran de son téléphone. À quelle heure il t'a apporté ton café ?

— À 10 h 30, il me semble. »

Elle se fige.

« Tu l'as gard, j'espère ?

— J'ai fait comme on avait dit… J'ai juste trempé mes lèvres, puis dès que j'ai pu, je l'ai vidé et…

— Comment ça, tu l'as vidé ? me coupe-t-elle d'un air ébahi.

— Euh, le gobelet est quand même sale ; il reste toujours du marc, non ?

— Mince, Giu…

— Je ne pouvais quand même pas me balader partout avec un café froid à la main ! Pour une analyse, ça suffira, tu verras… Et puis il faut s'assurer que toute cette histoire est vraie, parce que, entre Ettore et toi, il y a de quoi devenir parano. »

Lavinia soupire.

« Mon Dieu, Giulia, c'est vraiment la galère, avec toi… Nous, on s'en fait pour toi et toi, tu prends tout à la légère.

— Ah, alors maintenant, il y a un "nous" ? »

Je lui donne un petit coup de coude, mais je ne parviens pas à dissimuler ma nervosité derrière ce geste de connivence. Lavinia me lance un œil noir à la seule évocation d'Ettore, mais elle continue à jouer des pouces sur son téléphone, en faisant défiler les images.

« Ton Ettore… se moque-t-elle. (Puis elle hausse les sourcils et me désigne l'écran.) Voilà, voilà… On y est… »

Son agitation est contagieuse et les pulsations de mon cœur s'accélèrent pendant que j'observe les images qui passent en silence. Je sens distraitement le contact de l'épaule de Lavinia contre la mienne, son souffle chaud, l'écho de notre baiser, puis Marco apparaît, et elle me fait un signe du menton. « Regarde, regarde… » me susurre-t-elle tout doucement.

Je vois alors Marco se diriger vers le comptoir pour préparer les cafés. Il installe les gobelets, s'approche de la machine, puis il tergiverse un instant, ouvre un petit meuble, réfléchit, regarde autour de lui, puis se déplace si bien qu'on ne voit plus que la moitié de son corps. Quand il apparaît de nouveau en entier, Marco tient un récipient en verre dans la main ; il dévisse le bouchon d'un geste nerveux, se retourne un instant, plonge une cuillère à café dans le récipient et met ce qui ressemble à du sucre dans un des gobelets. Le mien, je présume. Je fais partie de ces dinosaures qui n'ont pas cédé à cette mode du vingt et unième siècle de boire son café terriblement amer. Puis Marco attrape les deux gobelets comme un pro.

« Où est passé le récipient ? s'enquiert Lavinia fiévreusement. Tu l'as bien vu, n'est-ce pas ? »

Je hausse les épaules. Les images défilent. Marco n'est plus dans le champ et nous voyons seulement la table encombrée de quelques objets fonctionnels : des verres, des baguettes de bois en guise de cuillères à café et des serviettes.

« Qu'est-ce que j'aurais dû voir ?

— Mon Dieu, Giulia, je n'y crois pas… Allez !

— Je dois être un peu lente du ciboulot, qu'est-ce que tu veux que je te dise ? »

Lavinia éteint son portable et se tourne vers moi, en me fixant avec une lueur étrange dans les yeux.

« Ne m'embrasse pas, hein ?

— T'aimerais bien, avoue. Mais ne prends pas de mauvaises habitudes. Concentre-toi, plutôt. Tu as vu de quelle façon il a sucré ton café ?

— Avec la petite cuillère ?

— Idiote ! Où est le sucrier d'ordinaire ? »

Je commence à comprendre. J'écarquille les yeux.

« Voilà, dit-elle, satisfaite. On se met à faire fonctionner ses petites cellules grises, je vois.

— Dans le placard, sur la droite.

— Qu'il a ouvert, hein ? Mais après, il a regardé autour de lui et il n'en a rien sorti. On est bien d'accord ? »

J'acquiesce.

Et elle poursuit : « Et puis cet autre récipient qui surgit de la zone que malheureusement on n'a pas réussi à cadrer, tu l'avais déjà vu, toi ?

— Mon Dieu, je ne peux pas dire que ma vie tourne autour du sucrier de la Colomba Antonietti.

— T'as vraiment l'art de me pousser à bout… Moi, je te le dis : ça, ce n'est pas le sucrier habituel. Ce n'est pas celui que nous utilisons, *utilisons*, toi y compris, tous les jours.

— OK, je te crois. Et donc ?

— Il a utilisé un sucre différent. »

Je grommelle « Espèce de salaud » en me sentant trembler, parce que les théories loufoques d'Ettore et de Lavinia commencent à revêtir des contours bien nets.

« Et qu'est-ce qu'on fait, maintenant ?

— Avec ça, déclare-t-elle en grimaçant et en agitant son portable, on ne peut rien faire, malheureusement. Mais si ce connard est à l'œuvre, les outils de son méfait ne doivent pas être bien loin.

— Donc la drogue est ici, dans l'école. »

Lavinia acquiesce en souriant.

Un sourire, nom d'un chien ! Alors qu'elle est en train de me confirmer que quelqu'un veut me tuer.

« Maintenant, il faut que tu appelles ton petit ami, Giu.

— Ettore ? »

Elle désigne mon portable. « Le téléphone du domicile », précise-t-elle d'un air séraphique.

Je ressens sa réplique comme un coup de griffe dans mon dos. Mais c'est ce que je dois faire. Appeler Ettore.

Le policier, pas l'ami.

Ou les deux.

* * *

Une vingtaine de minutes plus tard, le Colomba Antonietti est sens dessus dessous. Les enfants, curieux d'entendre la sirène de la police, sortent la tête des salles, pendant que sœur Germana, d'une voix ferme malgré son émotion, s'efforce frénétiquement de les ramener en classe. Mère Benedetta fait les cent pas dans l'institut, en serrant son chapelet dans ses mains, les yeux au ciel, en une prière silencieuse.

À l'autre extrémité du hall, Ettore parle avec l'un de ses deux collègues, dans les vingt-cinq ans, robuste et rasé de près, et avec une cicatrice sous l'œil droit. L'autre semble encore plus jeune. Il a les cheveux courts et il arbore un air sérieux. Ce n'est pas la première fois que je vois mon ami en uniforme, mais je dois dire qu'aujourd'hui cela me fait un effet particulier.

Ettore pose son regard sur moi, puis il fait un signe à son collègue rasé et s'approche à pas rapides. « G., tu vas bien ? »

J'acquiesce en essayant de garder mon calme. « Qu'est-ce… Qu'est-ce qui se passe ? »

Il me prend par le bras et m'emmène dans un coin plus tranquille, près de l'entrepôt-vestiaire. « Marco a été arrêté et il va être transféré sous peu au commissariat. Il est dehors, dans une voiture et nous sommes en lien avec le magistrat pour son arrestation. »

Je ne suis pas sûre d'avoir tout compris.

« Des racines de plantes toxiques ont été retrouvées dans ses affaires. Elles sont en cours d'analyse par la police scientifique. Ce sont probablement les mêmes que celles qu'il a pulvérisées et mises dans le sachet qu'on a dégoté sur lui.

— Donc il était vraiment en train de me droguer ? dis-je d'une voix étranglée.

— Les analyses le confirmeront. Quoi qu'il en soit, on a récupéré le gobelet avec le marc de café et les vidéos, mais je ne crois pas que ces dernières pourront servir de mode de preuve. »

Mode de preuve…

Ces mots me tournent dans la tête.

« Je dois maintenant recruter quelques personnes pour des IST, m'explique-t-il en indiquant mère Benedetta. "IST", ça veut dire "informations sommaires de témoins". Bon, ça c'est notre jargon », ajoute-t-il, en oubliant qu'il m'a déjà décodé ce sigle quelques jours plus tôt.

Il s'éloigne et se dirige vers la mère supérieure, au moment où son téléphone sonne. Il s'arrête pour répondre. Le visage d'Ettore devient sérieux, puis il opine du chef et me passe son portable. « C'est le centre des analyses. Ils doivent te parler. »

Je le saisis, les mains tremblantes.

« Allô ?

— Madame Martelli, les résultats de vos analyses sont arrivés. Nous avons trouvé des traces de substances nocives dans votre organisme : de la mandragorine et de la scopolamine. À des doses non mortelles, mais suffisantes pour créer un état de confusion, et des hallucinations. »

Une vague glacée déferle sur ma peau et me coupe le souffle. Sans mot dire, je raccroche, et je rends le portable à Ettore qui s'approche de moi, en exigeant des clarifications.

« De la mandragorine et de la scopolamine. Dans mon organisme », lui dis-je en répétant ces termes d'une voix à peine audible.

Ettore tape le nom de la plante sur son téléphone. Des racines noueuses et tordues, semblables à des mains déformées, comme celles qui me saisissaient dans mes cauchemars.

« On va enfin pouvoir agir. Ce sont les mêmes que celles que nous avons trouvées dans les habits du concierge », dit Ettore pour désigner Marco.

* * *

La télé passe des images confuses que je ne parviens pas à suivre. Je m'étire sur le divan et je remonte ma couverture en laine, elle gratte, mais tant pis. Le bruit des casseroles qui tinte à mes oreilles est ouaté, entrecoupé par Wazowski qui réclame sa pitance.

« G., je te prépare quelque chose de léger. »

Ettore sort la tête de la cuisine et me lance un coup d'œil.

« Tu vas bien ?

— Oui, lui dis-je, le pouce levé.

— Une sauce faite maison avec du basilic et des oignons.

— Parfait, chef. »

J'entends Ettore bougonner tandis que je me laisse hypnotiser par ce que je vois à la télévision.

Lorsqu'il me tend mon assiette, la vapeur des pâtes me réchauffe le visage. Il s'assoit à mes côtés et poursuit la discussion :

« J'ai parlé avec mes collègues tout à l'heure. Ils m'ont dit qu'ils ont obtenu le mandat de perquisition pour le domicile de Marco Ricci, mais qu'ils n'ont rien trouvé. Aucune trace de mandragore, ou d'autres poisons. »

Je pose mon assiette sur la table basse pour la laisser refroidir quelques instants et je soupire.

« Aujourd'hui, Teo n'est pas venu à l'école. Je me fais vraiment du souci pour lui. Je ne comprends pas ce qui se passe.

— Il est peut-être simplement malade.

— Caterina m'a dit qu'il devait faire des analyses.

— Tu ne dois donc pas t'alarmer, G. Les violences domestiques sont un sujet épineux. D'autant plus difficile à aborder qu'il n'y a pas de plaintes. Et puis, maintenant, tu as d'autres chats à fouetter. Tu as réalisé, ou pas, qu'on a essayé de te tuer ? »

Je prends les dessins de Teo sur la table.

« Ces dessins me semblent à présent moins inquiétants. Cet enfant a montré qu'il voyait au-delà de la surface des choses. »

Ettore s'approche ; son souffle chaud me frôle la joue pendant qu'il observe les dessins avec moi.

« Quoi ?

— Hier, j'ai quand même bu son café, et pourtant je me suis sentie mieux. En revanche, je n'ai pas mangé le petit gâteau que les enfants préparent avec sœur Luisa. »

Je prends alors le dessin où figure Marco et le lui montre.

« Regarde, Ettore. Je le découvre aujourd'hui avec un œil neuf. On dirait que sœur Luisa est en train de mettre quelque chose dans le gâteau. »

Il scrute attentivement la feuille.

« Tu crois que c'est elle ? »

Je hoche lentement la tête.

« Oui, je pense que oui. Regarde ces choses sur le plan de travail. Ça ressemble vraiment à des racines de mandragore.

— Oui, en effet, c'est troublant. Mais pourquoi aurait-elle fait ça ?

— Il y a entre nos deux familles une haine qui dure depuis des générations. Et puis pourquoi Teo irait-il dessiner des choses qu'il n'a pas vues ? (Je marque une pause pour tirer le fil de mes pensées.) Je n'arrive pas à croire que Marco ait pu m'empoisonner. Il s'est peut-être fait coincer. Peut-être que sœur Luisa s'est arrangée pour rejeter la faute sur lui. »

Tout à coup, cette idée s'impose à moi.

« Marco a toujours eu un comportement étrange, c'est un fait, mais toute une partie de moi se refuse à voir en lui un monstre, comme tout le monde veut me le faire croire. Peut-être que je préfère juste penser que le Mal ne peut pas se cacher derrière un visage aussi familier, mais il y a quelque chose qui cloche. L'image de sœur Luisa en train de verser de la poudre dans le gâteau est très nette dans le dessin de Teo. Il se pourrait bien qu'elle soit le cerveau de cet empoisonnement. Ce ne serait pas la première fois que quelqu'un se sert de l'innocence des enfants pour couvrir ses méfaits. »

Marco n'est sans doute qu'un pion sur l'échiquier.

Mais qu'aurait sœur Luisa à gagner à me faire du mal ?

La haine entre nos familles est-elle une raison suffisante ? Et comment est-il possible qu'un enfant ait pu déceler les tenants et aboutissants de cette affaire ?

De nombreuses interrogations m'assaillent. Il faut agir, mais comment ?

« Sœur Luisa ? Vraiment ? Une religieuse…

— Oui, regarde les yeux. Le nez. C'est bien elle. »

Ettore semble perplexe.

« Il y a quand même des détails qui ne collent pas.

— Ça, c'est le genre de phrases que j'entends dans les séries télé, Ettore. Tu n'es pas crédible, je t'en prie, lui dis-je avec un sourire.

— Tu sais pourquoi tu les entends toujours dans les films, ou pourquoi tu les trouves dans les livres ?

— Je t'écoute, Sherlock !

— Parce que c'est la réalité, G. Quand tu fais une enquête, tu es bombardé d'informations et…

— Les fameux petits triangles lumineux ! » Je me souviens alors que la question de Daniele est restée en suspens, ce qui m'assombrit.

« Bravo, tu as compris, et quand ça se produit, on assemble les pièces au fur et à mesure. Il suffit parfois d'un mot ou d'une image. Et on voit s'allumer une première petite lumière ! »

Il soupire et garde le silence, en croisant les bras sur sa poitrine.

« Et eux, ils ont coupé le courant, hein ? dis-je.

— Je ne peux pas y croire. Depuis que tu sais qu'on a voulu te tuer, tu as recommencé à faire l'idiote et tu as abandonné ton attitude de Mercredi Addams. Tu fonctionnes à l'envers. »

Je lève le menton. Il a raison. « C'est peut-être le fait de savoir que je l'ai échappé belle qui me provoque cette réaction. »

Ettore secoue la tête. « Tu ferais mieux de repasser en mode Mercredi, parce que, d'après moi, tu n'as pas échappé au danger ; mais alors, pas du tout ! »

Pour un soir, je voudrais oublier mes problèmes. Je décide de fermer les yeux ; la silhouette d'Ettore disparaît derrière mes paupières. Le divan m'enveloppe de ses bras accueillants et produit un effet immédiat. La fatigue m'entraîne au fond d'un puits obscur. Je quitte le monde rationnel pour entrer dans celui des songes.

Je me réveille en sursaut quelques minutes plus tard. Je sens des mains sur moi. Je hurle. Puis la figure devant moi prend l'apparence d'Ettore. Je siffle un « Va t'faire… » entre mes dents et je le repousse. « Mais qu'est-ce que tu fais !

— Excuse-moi, je ne voulais pas te faire peur, mais…

— Il est quelle heure ?

— À peine 9 heures du soir.

— Ça fait donc quelques minutes seulement que je me suis endormie ? »

Je fixe la fenêtre où seule la lumière d'un réverbère perce l'obscurité.

« J'ai pourtant l'impression d'avoir dormi toute la nuit.

— Une dizaine de minutes, précisément. Tu avais l'air à ton aise et détendue. J'ai travaillé pour toi, ma chère. »

Je m'assois et m'étire.

Il porte son attention sur la statuette de Télégone, toujours placée sur l'étagère, près du vase de fleurs artificielles. Cette histoire-là aussi est encore en suspens.

Noli me tangere.

« Sur quoi tu as travaillé ? » Je me sens fautive et j'essaie de le lui prouver par un regard de reconnaissance.

« Tu te souviens de cette chose que j'avais en tête, mais que je ne réussissais pas à trouver ?

— Le petit triangle lumineux.

— Voilà, exactement ! »

Il a son téléphone en main ; je sens intuitivement que la tesselle qui lui manquait est là, maintenant, sur l'écran.

« C'est juste une idée ; ce n'est pas encore une preuve, mais…

— Tu vas me le dire, oui ou non ? »

Ettore écarte sa main quand j'essaie de lui prendre son smartphone. « Ça ne va pas te plaire, je te préviens. »

Je déglutis, mais à vide. J'ai de nouveau la gorge sèche.

« Fais-moi voir. »

Il fait un signe d'assentiment.

« J'ai un ami, Rosario, commence-t-il, qui a fait une méga-fête pour ses trente ans, il y a quelques mois. Comme j'étais de service, je n'ai pas pu m'y rendre. »

Je sens l'agitation me gagner, mais je le laisse parler. J'ai la sensation que c'est important.

« Le lendemain, il a posté les photos de la soirée sur Facebook. Une centaine. La plupart étaient des photos à la noix, mais il y avait un de ses amis qui… Bon, laissons tomber. Jette un coup d'œil.

— Qui sont tous ces gens ?

— Lui, c'est Rosario ; l'autre, c'est son petit ami de l'époque… Mais ils ne sont plus ensemble et…

— Ettore ! Et alors ?

— Sois plus attentive, me dit-il. Les deux derrière, qu'on distingue à peine.

— Mince, je ne les voyais presque pas, dans l'ombre. Je ne comprends pas ce que… »

Ma voix se bloque.

« Tu saisis, maintenant, à quoi je pense ? »

J'ai envie de pleurer.

« Giulia ? »

J'ai les mains qui tremblent.

Noli me tangere.

« C'est seulement un petit triangle lumineux, mais… »

J'éclate en sanglots et il me prend dans ses bras.

Pendant cinq minutes, je n'ai même plus la force de respirer.

* * *

Je suis agitée et secouée de frissons.

Ettore me prépare une camomille, bien que je ne croie pas du tout aux vertus apaisantes des plantes.

« Eh… m'avertit-il.

— Si tu continues à me dire "Eh", ça ne va pas me calmer. »

Il s'approche de moi et me serre très fort.

« Je n'y crois pas, dis-moi que ce n'est pas vrai.

— Attendons la confirmation. J'espère vraiment que non, si je dois être sincère… Déjà que celle-là, je pouvais pas me la saquer, ça me donnerait une raison de plus, à partir d'aujourd'hui. »

J'acquiesce et me dégage tout doucement de ses bras.

J'ai cette photo comme imprimée dans mon cerveau avec tout ce qu'elle implique. Mais c'est seulement un petit triangle de lumière, pas une preuve. Il est encore trop tôt pour tirer des conclusions. Mais je les vois comme s'ils étaient là dans cette pièce, avec moi. À cette fichue fête. Daniele. Lavinia. Dans les bras l'un de l'autre, en train de s'embrasser. Comme un couple.

Mes larmes coulent.

« Peut-être que c'est sans grande importance », dis-je.

Ettore sourit. « Peut-être que c'est sans grande importance, répète-t-il. Et que je suis un idiot qui pense à trop de choses dénuées de sens. C'est ce que je souhaite, en tout cas.

— Mais ils ne m'ont rien dit et… maintenant mon frère est… est… »

Je me ressaisis et m'essuie les yeux. Je vais me rincer le visage dans la salle de bains. Parce que, dans vingt minutes, Lavinia sonnera à la porte et outre le café, ou une infusion, je devrai lui servir sur un plateau d'argent une ruse aussi grave qu'une trahison. Or, j'ignore si j'en serai capable.

« Tu y arriveras, me dit Ettore depuis le salon, comme s'il lisait mes peurs.

— Au pire, je lui saute au cou, dis-je pour plaisanter à mon tour.

— N'oublie pas que tu es toujours en présence d'un officier de police, hein ? Ne fais pas n'importe quoi !

— Tout ira bien. On l'écrit sur un bout de tissu et on l'accroche au balcon ? Comme au bon vieux temps[1] ?

— Non, sur un petit triangle », nuance-t-il en souriant.

La sonnerie du téléphone d'Ettore interrompt notre conversation. « C'est mon ami du laboratoire d'analyses », explique-t-il. Il répond et me tourne le dos, comme s'il devait respecter je ne sais quelle confidentialité. « Ah bon ? Elle a fait beaucoup d'analyses… OK, OK… Je te suis redevable, vraiment. Oui, si tu as d'autres infos, tiens-moi au courant. » Suivent quelques salutations rituelles, puis Ettore me fait un compte rendu :

« Alors, quoi de neuf ?

— Je ne sais pas, j'avais un doute.

— Un de plus ? »

Il soupire. « Oui, un de plus. Un autre petit triangle ; en fait, ce n'est pas seulement un petit triangle… mais je n'en suis pas encore sûr. »

Je m'étire pour me détendre les jambes et les bras, afin de chasser les tensions.

« Et tu comptes m'en parler ?

---

1. Allusion aux banderoles marquées de la formule « Tout ira bien » que les gens suspendaient à leurs balcons ou à leurs fenêtres pendant les périodes de confinement dues à la Covid.

— Pas encore, G. Fais-moi confiance. »

Il se lève et va à la fenêtre.

Il essaie de me protéger.

J'ai confiance en lui.

* * *

« Vraiment, je ne parviens pas à comprendre que vous ayez pu le libérer en quarante-huit heures ! » s'exclame Lavinia.

À son arrivée, j'ai eu un moment de trouble, mais Ettore a été habile. Mettre tout sur le dos de la drogue a nettement facilité les choses. « Il faudra encore quelques jours avant que les effets disparaissent et nous rendent notre G. », a-t-il déclaré en m'invitant à accueillir mon *amie*.

Et il poursuit : « Lavi, inutile de s'énerver. Quarante-huit heures, c'est la loi », lui assène Ettore, tout en lui souriant avec affabilité. Lui aussi doit trouver un équilibre entre les vieilles rancunes sclérosées et les nouveaux horizons. Mais il s'en sort mieux que moi, en donnant libre cours à sa malice. Ce que je n'ai jamais osé faire.

« Oh, dire que je vous ai… *nous*, rectifie Lavinia en me désignant. Nous vous avons fourni les éléments pour le foutre en taule ; et maintenant, tu ne vas pas me rendre responsable de sa libération, non ?

— Si responsable il y a, rétorque Ettore, c'est le manque de preuves. Ce qu'on a trouvé dans son tablier ne suffit pas.

— Attends, notre vidéo n'est pas une preuve suffisamment solide ?

— Cette vidéo n'est pas recevable.

— Peut-être bien, mais en attendant…

— En attendant, quoi ? On ne voit pas ce qu'il met dans le café. Et puis les scientifiques doivent encore analyser le gobelet. (Il tousse un petit coup.) Et de toute façon, il y a du nouveau, mais... »

Il marque une pause stratégique.

Lavinia se penche en avant.

« Bon, en toute amitié, je pourrais bien te le dire, mais crois-moi, et Giulia le sait déjà, dans les jours qui viennent, on révélera des choses franchement graves. »

Je remarque un pli étrange dans les yeux de Lavinia. L'espace d'un instant, je voudrais la prendre dans mes bras. Comme autrefois.

Mais je me ravise aussitôt. *Noli me tangere*, me dis-je.

Je décide que c'est le moment pour moi de jouer le tout pour le tout. « Ettore, allez... Dis-le.

— Miss G., tu le sais. Il s'agit là de révéler des secrets...

— On est avec Lavi. Ce qui se dit ici reste ici, entre nous et Télégone. »

J'essaie de plaisanter, pour conférer une once de sincérité au mensonge qui va bientôt filer entre mes dents.

« Tu n'es pas sérieuse, G. !

— Allez, Ettore... dit Lavinia à son tour. Giulia est aussi mon amie.

— Vous allez me faire perdre mon boulot, vous deux ! » conclut-il avec un sourire, en feignant de capituler.

Je lui conseillerais bien de se recycler comme acteur. Mais je ne le peux pas. Au contraire, je feins de croire à ses simagrées : « Allez, tu peux tout dire. »

Ettore raconte l'histoire qu'il a préparée. Non seulement Marco est innocent, mais il affirme qu'il a des preuves qui attestent que les choses se sont passées différemment. Et que les enquêteurs sont prêts à effectuer une perquisition officielle, avec mandat du magistrat, etc. Le Colomba Antonietti sera mis sens dessus dessous, centimètre carré par centimètre carré. En deux jours tout au plus, la grande vieille pourrait voir plus d'hommes défiler qu'elle n'en a vu toute sa vie durant.

« Allez, je n'y crois pas, réplique Lavinia d'une voix un peu trop haut perchée.

— Ils me l'ont garanti, dis-je.

— Ce sera une journée bien longue, croyez-moi, renchérit Ettore. Avec heures sup, payées pour tout le monde. »

Lavinia pose sa tasse de café et s'essuie les mains sur ses genoux. « Si vous voulez mon avis, Marco cherche seulement à gagner du temps. Pourquoi garderait-il les preuves de son innocence à l'institut ? »

Ettore ricane « Lavi, Marco est innocent.

— Moi aussi, j'avais du mal à le croire », dis-je en guise de soutien.

Ettore enchaîne : « Il a expliqué qu'il cachait tout dans son petit placard parce qu'il estimait que c'était l'endroit le plus sûr. Quoi qu'il en soit, le mandat du magistrat arrivera d'ici à deux jours. Et notre miss G. mérite d'obtenir des réponses.

— Cette fois-ci, on va coincer cette salope », dis-je en forçant le trait.

Lavinia me dévisage. Je peux sentir sa frayeur à présent, et je précise : « Luisa.

— Ah ! fait Lavinia. Sœur Luisa. C'est elle, d'après toi ?

— Les plus grandes rancœurs naissent toujours dans les familles, ou à proximité », explicite Ettore.

26

LAVINIA A ÉTÉ LA PREMIÈRE À PARTIR. Elle semblait troublée, même si elle a tout fait pour le dissimuler. Elle a prétexté sa fatigue et proposé qu'on se revoie le lendemain, au travail. Puis elle est partie rapidement, avec des gestes nerveux et précipités.

Quant à Ettore, il a fini par accepter l'invitation de Luciano. Il est temps pour lui de se divertir. Je ne peux pas continuer à monopoliser sa vie, même s'il m'a promis de revenir dormir avec moi ce soir. J'ai vraiment sommeil ; il suffit de voir comment je me suis endormie, tout à l'heure, sur le divan…

C'est l'heure d'aller se coucher.

Je m'allonge dans mon lit et jette un œil aux quatre livres disposés sur ma table de nuit. Ils y sont depuis quelques semaines et, ce soir, je me décide à en prendre un. Je parcours le premier de la pile, mais les mots m'échappent. Je le remets à sa place, puis je ferme les paupières, à la recherche d'un peu de paix, en vain. Je me concentre sur les bruits qui m'environnent, comme le murmure du vent qui semble s'intensifier. Puis je repense à Lavinia. Ma meilleure amie, la personne en qui j'avais le plus confiance au monde, autant qu'en Ettore.

Peut-être que tout n'est qu'une grande méprise.

Je songe à la statuette de Télégone. Chaque détail de son armure, chaque trait de son visage ciselé m'évoque ces histoires de héros et d'aventures que Daniele aimait me raconter. Je laisse échapper un soupir et mes pensées se focalisent sur Teo, ses dessins énigmatiques et son regard fuyant.

Qu'est-ce qui se cache derrière ses yeux tristes ?

Qu'est-ce qu'il cherche à me dire à travers ses dessins ?

Pourquoi était-il absent aujourd'hui ?

Wazowski saute sur mon lit, se met en boule près de moi et ses ronronnements remplissent la chambre – un réconfort tangible au milieu de mon tourbillon mental. Je caresse sa tête pour me détendre. Je me tourne et me retourne afin de faire le vide, mais le visage de Lavinia me revient à l'esprit. Son sourire, autrefois rassurant, me semble désormais factice et ses yeux bleus me glacent. Ce nez aquilin, que je voyais jadis imprégné de sagesse, m'apparaît à présent comme le bec d'un rapace prêt à déchiqueter sa proie. Je repense à Daniele. Je repense à l'accident ; peut-être quelqu'un l'a-t-il vraiment tué.

Mais pourquoi ?

Je dois trouver des réponses. Mais je sais que je ne les trouverai pas.

Pas aujourd'hui.

Je pense au mien, d'accident. J'aurais pu mourir, moi aussi. Exactement comme mon frère.

Je me concentre sur ma respiration, lente et régulière. Puis je finis par sombrer dans le sommeil.

Un bruit.

Le choc d'un objet lourd, tombé au sol, me réveille. Wazowski est aux aguets, les oreilles dressées et les yeux rivés sur la porte de ma chambre. Les battements de mon cœur résonnent dans mes tympans. Je saisis la lampe de chevet sur la table de nuit, le premier objet à portée de ma main. Je sors du lit sur la pointe des pieds et avance vers la porte. Chacun de mes mouvements me coûte, mes muscles sont tendus. Je perçois d'autres bruits : un frémissement, puis un léger grincement. Ils semblent provenir de l'entrée. Wazowski me suit de près.

Puis un bruit différent retentit, plus fort. On dirait le choc d'un objet métallique contre du bois. Je regarde autour de moi et je repère mon portable sur la table de nuit. Les mains tremblantes, je le prends ; je voudrais appeler Ettore, mais je crains qu'on ne m'entende, alors je lui envoie un message.

Il y a quelqu'un chez moi !

Je retourne vers la porte ; mes pieds nus s'enfoncent dans le sol. Puis je discerne une ombre.

Je pousse un cri.

Wazowski bondit et disparaît sous le lit.

Je hurle : « La police est en train d'arriver ! » Et je brandis la lampe comme une arme. Je fais tomber mon portable. L'ombre recommence à bouger et exécute un pas de côté.

Je glisse ma main le long du chambranle de la porte, jusqu'à ce que je trouve l'interrupteur sur le mur pour allumer la lumière.

Je plisse les yeux. Et si l'individu qui se dresse devant moi ne m'imite pas, c'est qu'il n'en a pas.

Un monstre.

Je suis en train de rêver !

« Je ne suis pas ici pour te faire du mal », profère la voix qui sort de cet être immonde.

Je découvre alors qu'il porte une sorte de masque avec des lunettes aux verres foncés. Je note encore une barre dans la main droite, un passe-montagne par-dessus le masque et un pull moulant noir.

Je répète, d'une voix fragile et avec la sensation de n'effrayer personne, tout en serrant la lampe dans mon poing : « La police est en train d'arriver.

— La statue. Je ne prends que ça et… »

Je m'écrie alors « Ambrogio ! », mais sans certitude aucune. Ce Diabolik[1] que j'ai devant moi pourrait être n'importe qui.

« Ce n'est pas comme ça que j'avais prévu les choses », énonce-t-il d'une voix grave et digne d'un mauvais film d'action.

Je tremble, recule d'un pas tandis qu'il s'approche de moi.

Je lui lance la lampe à la figure. Il l'esquive. Je hurle de nouveau. La panique me saisit à la gorge. Il avance de deux pas, annihilant toute distance entre nous. Je trébuche en arrière et me retiens au montant de la porte pour ne pas tomber. Je me retrouve alors dans ma chambre et me cogne contre le bord du lit. Cette fois, je tombe. Wazowski miaule ; je vois sa silhouette détaler comme un éclair.

« Cette statuette devrait être entre mes mains depuis longtemps et…

— Ne me touche pas ! crié-je quand il tend le bras pour m'attraper.

— Je l'avais bien dit à Daniele. »

---

1. *Diabolik* est une série de bandes dessinées italienne créée en 1962 par les sœurs Angela et Luciana Giussani. Cette série éditée à Milan au format poche par les éditions Astorina a connu de nombreux dessinateurs. C'est l'une des bandes dessinées les plus vendues au monde.

Je me débats et parviens à le frapper. Il fait un pas en arrière, en poussant un cri bref. Et le revoilà prêt à l'attaque.

« Prends-la… Prends-la… je hurle.

— Daniele le savait. Il savait tout et…

— Prends-la, elle est à toi…

— Tais-toi ! »

Je m'appuie sur le matelas pour me remettre debout.

« Ne bouge pas ! » s'exclame-t-il à nouveau, et il revient tout droit vers moi. Il me donne un coup de pied, puis, d'un brusque mouvement du bras, me frappe juste au-dessus du genou avec sa barre.

Ma douleur explose. Je crie. Puis il me gifle et un goût de fer envahit ma bouche.

« Télégone ne peut pas vivre dans une maison comme un simple souvenir en plâtre », susurre-t-il. Sa voix n'est plus qu'un sifflement ; on dirait un serpent qui rampe parmi les fissures d'une tombe antique et glisse vers des secrets qui ne peuvent être dévoilés à voix haute.

« Ne me touche pas », lui dis-je d'un ton implorant.

Noli me tangere.

Il saisit brusquement ses lunettes et enlève son passe-montagne, révélant un crâne dégarni.

« Daniele le savait », répète-t-il, de cette voix trop calme de ceux qui n'ont plus rien à perdre.

Ma vue se brouille. Je l'observe, il reprend son allure de monstre. C'est un monstre.

Puis, sans rien ajouter, il lève la barre dont il s'est servi pour faire irruption chez moi.

Il me regarde fixement. « Il le savait », réitère-t-il.

Il abat une nouvelle fois son arme sur moi.

J'imagine les yeux de Télégone, en train de suivre la scène, comme l'avatar de Satan, et je perds connaissance.

27

DES MOTS.

Des odeurs.

Des couleurs.

Tout se fond en un mélange compact.

La lumière intermittente des sirènes bleues entre par les fenêtres et se réverbère sur les murs, en créant des reflets inquiétants. Ettore est assis à mes côtés. Son visage est pâle et marqué par la fatigue.

« C'est Ambrogio Mariani », lui confirme un des agents de police qui doit avoir dans les cinquante ans ; il a des traits durs et un nez proéminent. « Sa vie n'est pas en danger, seulement une blessure à la jambe. Et s'il est vivant, c'est grâce à toi », précise-t-il en indiquant la serviette de toilette encore sur le sol, trempée de sang.

« Il serait mort exsangue si tu…

— Je n'ai fait que mon devoir », murmure Ettore.

Je ferme les yeux et les mots d'Ambrogio Mariani résonnent encore dans mon esprit.

Il a avoué. C'est lui qui est responsable de la mort de Daniele. Il a heurté la moto avec sa Jeep. Il savait exactement où trouver Daniele, puisqu'ils s'étaient donné rendez-vous pour se voir après le coup de fil. Il était persuadé que mon frère aurait la statuette de Télégone avec lui.

« Je n'aurais jamais pensé qu'elle était ici, cette maudite statuette. J'ai procédé par hypothèses », a expliqué Ambrogio pendant qu'Ettore essayait d'arrêter son hémorragie. « Au début, je pensais que Daniele l'avait prise avec lui. Cette statue vaut une fortune. Je l'aurais vendue au marché noir. Mes dettes, je… je… Je n'imaginais pas… Je ne pensais pas que ça finirait comme ça. »

La statuette de Télégone. Encore elle, devenue à présent l'emblème de ma douleur et de mes espérances brisées.

Elle vaut vraiment si cher ?

Au point de tuer quelqu'un ?

De tuer mon frère.

« Cette statuette aurait pu changer ma vie. Et lui… lui, il voulait la confier aux Beni Culturali. »

La police continue à l'interroger et fourmille frénétiquement dans ma maison, mais tout me semble ouaté, comme si j'étais sous l'eau. Les voix sont distantes, les visages flous. Seule la réalité des aveux d'Ambrogio reste nette.

Puis je vois un agent en blouse blanche emporter la statuette de Télégone.

« Ce n'est pas sa place », assène un des policiers. À juste titre. Pour trop de raisons, et pas seulement légales.

Dehors, le jour s'est levé. Une seule idée m'obsède : me rendre au travail, en dépit du chaos ambiant.

Je dois faire un effort.

Il y a un dernier secret à découvrir.

Il y a une autre personne encore qui veut me tuer.

Vendredi 17 novembre

J'arrive au Colomba Antonietti avec environ une demi-heure d'avance et en boitillant. C'est sans doute l'adrénaline qui me maintient debout, ou le fait d'avoir échappé à la mort.

Dès que je passe la grille de l'institut, je sens une drôle d'ambiance. Le regard des enseignants pèse sur moi. Ai-je l'air d'une Martienne, ou d'avoir survécu à un naufrage ?

Je cherche Lavinia des yeux mais ne la vois pas. Puis, au fond du hall, je discerne la mère supérieure, austère comme à l'accoutumée et, près d'elle, sœur Germana, qui m'observe, l'air soucieux. Je tente de les ignorer. Je n'ai pas envie qu'on me pose des questions.

Pas maintenant.

Les rares enfants présents jouent silencieusement, comme s'ils percevaient cette sensation de flottement qui imprègne toute l'atmosphère. Le bruit de ce qui est arrivé aurait-il déjà commencé à courir ?

Quand j'entre en classe, Caterina m'accueille avec un sourire crispé, tout en cherchant à garder une apparence de normalité. « Tout va bien ? » me demande-t-elle à voix basse. Puis elle me scrute avec une attention singulière.

J'opine du chef, même si j'imagine que mes traits racontent une tout autre histoire. « Oui, tout va bien. Juste une nuit, disons… mouvementée. »

Je regarde autour de moi.

Teo est encore absent.

L'anxiété m'étreint le cœur.

« Teo n'est toujours pas là ? »

Caterina secoue la tête. « Non, il ne viendra pas aujourd'hui non plus. Il avait rendez-vous chez différents médecins. »

Je me sens soulagée, puis de nouveau préoccupée. Les visites médicales ne sont jamais un bon signe. Ou peut-être sont-elles une excellente excuse, qui sait ?

J'essaie de me concentrer sur mon travail, mais ce n'est pas une tâche aisée. « Maîtresse Giulia. » Marta, l'enfant aux cheveux longs et roux comme des fils de cuivre incandescents, vient vers moi, en tenant quelque chose dans son dos. Elle me tend un dessin. Je prends la feuille et examine l'image colorée.

Ce muffin entouré de cœurs, de petites étoiles et de fleurs me fait sourire. Les enfants dessinent ce qu'ils voient, ce qui les frappe et ce qu'ils aiment. Leurs images sont le miroir fidèle du monde qui les entoure – et sont souvent plus honnêtes que ne peuvent l'être les mots. C'est à ça que je dois me raccrocher. Les enfants et le quotidien. La routine sera mon meilleur remède.

Au cours de l'après-midi, il faudra que j'aille au commissariat. Ils ont été courtois, ils ont compris, ils m'ont laissée aller travailler, mais « il y a encore beaucoup de points sur lesquels il faut discuter et nous comptons sur votre disponibilité, madame ».

Mais bien sûr. Mon entière disponibilité.

Lavinia paraît sur le seuil de la classe et me fait un signe. Je m'approche d'elle et la prends dans mes bras. Ce matin, nous nous sommes appelées et je lui ai raconté sommairement ce qui s'était passé.

« Mais pourquoi tu n'es pas restée chez toi ? Tout le monde l'aurait compris.

— Surtout pas ! »

Chez moi, où on a essayé de me tuer ? Où le spectre de la statuette antique continue à rôder, même maintenant qu'elle n'est plus là ? Où les souvenirs de Daniele m'oppressent ? Je suis mieux ici, voudrais-je dire, mais je m'en abstiens. Parce que, ici aussi, après tout, quelqu'un a essayé de me tuer. Quelqu'un qui était dans mes bras il y a un instant, et qui pourrait être plutôt le diable qu'une amie.

« Une pause-café ? » me propose-t-elle.

J'acquiesce.

Une pause-café. L'arme du délit, ici, au Colomba Antonietti. Et même maintenant que Marco n'est plus là, ce café semble amer, différent, dangereux. Ou bien ce n'est pas le café, ce sont les petits gâteaux.

« Une pause-café… dis-je, en m'obligeant à sourire.

— Je m'en occupe ; allez, toi, détends-toi un peu. »

Je croise les mains sur mes genoux, gênée. Et, pendant un moment, je ne dis rien.

« C'est absurde, ce qui s'est passé », commence-t-elle en me tournant le dos. *C'est moi, ou ce matin elle n'arrive pas à m'affronter droit dans les yeux ?*

Noli me tangere.

Ne me touche pas.

Je l'ai rêvée, cette inscription, peut-être au cours de l'une des hallucinations générées par la drogue. Je l'ai hurlée, cette inscription, même cette nuit. Une boucle qui n'est toujours pas bouclée. Ici, il y a quelqu'un d'autre encore qui me hait. Et j'ignore pourquoi. Lavinia me pose d'autres questions banales, mais je réponds à demi-mot. Au bout d'un moment, elle finira par comprendre que je ne suis pas très disposée à revivre les mésaventures qui se sont produites cette nuit.

« J'ignorais que cette statue pouvait avoir tant de valeur, dis-je pour briser ces longues minutes de néant. Avec Daniele, on en avait discuté, mais… »

Elle semble avoir un léger soubresaut à l'évocation de mon frère, mais ce n'est peut-être qu'une sensation erronée de ma part.

« J'étais loin d'imaginer qu'elle pourrait pousser un homme à tuer. » Je sens mes larmes prêtes à déborder ; je respire et me tais un instant.

« Ce qui t'arrive en ce moment est complètement dingue, Giu », affirme-t-elle.

Elle se retourne et me tend un café.

Je le prends en tremblant et j'observe le liquide foncé avec une peur que je ne parviens pas à dissimuler.

« Allez, Marco n'est pas là », note-t-elle pour plaisanter.

Je secoue la tête. Marco n'est pas là. Marco, qui n'est pas le coupable.

« Alors les policiers feront une descente ici aussi, aujourd'hui ?

— Ettore m'a dit qu'il n'y aura aucun changement dans leur programme d'intervention, même si les événements de cette nuit en ont obligé beaucoup à prolonger leur service.

— Et qu'est-ce qu'ils trouveront, à ton avis ? »

Je hausse les épaules. Je ne sais pas ce qu'ils trouveront dans le placard ou ailleurs. « J'espère vraiment qu'ils pourront dénicher quelque chose de compromettant, Lavi, parce que ma mission, moi, je l'ai accomplie. Maintenant, ça suffit. Je veux avoir un peu la paix, et je le mérite.

— D'après moi, ils ne trouveront rien de rien.

— Pourquoi dis-tu ça ? »

Je sirote mon café et elle, de son côté, se détend progressivement. J'ai confiance en toi.

« Parce que, selon moi, Marco ne fait que temporiser pour noyer le poisson. La police viendra ici et fera chou blanc, mais, en attendant, les jours s'écouleront et tu sais comment ça finit les enquêtes qui traînent, non ?

— Je ne connais que ce que je vois dans les séries télé. Et là, le coupable, ils l'attrapent toujours. »

Lavinia éclate de rire.

« Dans les séries, tout le monde est cool et super-fort. Mais là, on est dans la vraie vie, ma chère. Et ici, ou tu te fais pincer comme un pauv' type, ou tu t'en tires.

— Ils ont arrêté Ambrogio.

— Ambrogio était un pauv' type. »

Je réplique, agacée : « Peut-être qu'il y en a un autre, ici. En tout cas, Ettore m'a garanti qu'ils iront jusqu'au bout, même s'ils se cassent le nez et… »

Un bruit dans le hall. Je me tais. Puis plus rien.

Je conclus : « On ne devrait pas en parler.

— Dans combien de temps seront-ils là ? s'informe-t-elle.

— Ils viendront sans doute lorsque l'école sera fermée », dis-je en me forçant à esquisser un sourire.

Lavinia se lève et débarrasse nos cafés qu'elle jette dans la corbeille. « Il faut qu'on rentre, déclare-t-elle. Toi, tu es optimiste, mais moi, je continue à penser qu'ils repartiront bredouilles. »

Je n'ai rien à ajouter. Je me lève à mon tour. Un autre bruit retentit. Une ombre passe devant nous à pas rapides.

Lavinia me précède et nous sortons de la cantine. Au fond du hall, une sœur s'éloigne à la hâte. Elle se retourne brièvement. C'est sœur Luisa. Son regard croise le mien, puis elle disparaît dans les cuisines.

« J'y vais », dis-je à Lavinia.

Nous nous saluons, et je cherche à l'oublier.

Je rentre en classe. Je dois sourire, encore. Et encore.

Encore et toujours.

28

NOUS GARDONS LE SILENCE, tapis dans l'ombre, tels deux voleurs. Ce qu'abrite le Colomba Antonietti, cependant, ce sont des assassins, pas des voleurs. Ettore et moi nous nous sommes dissimulés dans un coin où s'amoncellent d'antiques étagères et des piles de cartons. L'emplacement idéal pour voir le placard de Marco. Il flotte une odeur âcre de poussière et de vieux bois.

Ettore a alerté ses collègues en leur expliquant notre stratégie dans les moindres détails. Deux patrouilles sont restées dans les parages, à l'extérieur de l'établissement, prêtes à intervenir.

« Tu penses que ça va marcher ? » lui dis-je dans un murmure.

Il opine du chef, en scrutant l'obscurité attentivement.

Soudain, je perçois un bruissement. Des pas légers. Je me raidis. Ettore pose sa main sur la mienne. Le bruit s'intensifie et se rapproche. Je suis ces sonorités, les yeux plongés dans l'obscurité. Chaque seconde semble se dilater en une éternité.

Puis je la vois : l'ombre d'un rat traverse le sol poussiéreux. Je retiens un cri. Puis d'autres bruits, de pas cette fois.

Une silhouette s'approche dans la pénombre. Les contours flous se fondent dans la noirceur environnante. Ettore me serre la main plus fort. Dans nos veines coule le feu liquide de l'adrénaline.

Je crois reconnaître Lavinia.

Sa silhouette s'arrête devant le placard de Marco, hésite un peu, cherche une clé dans un trousseau et ouvre. Elle s'assure qu'il n'y a personne autour d'elle, puis fouille nerveusement à l'intérieur. Ses mouvements sont rapides et agités. J'échange un regard de connivence avec Ettore. Tout s'est passé comme nous l'avions prévu. Il allume la torche. « On ne bouge plus ! Police ! » s'écrie-t-il en pointant le faisceau lumineux devant lui.

La silhouette se tourne brusquement.

Le visage éclairé est figé en une expression de pure terreur.

C'est sœur Luisa.

* * *

Sœur Luisa n'a pas parlé.

Pas soufflé mot. Aucun aveu. Aucun épanchement.

Elle n'a rien dit.

Absolument rien.

Elle a gardé le silence pendant qu'Ettore lui déclarait qu'elle était en état d'arrestation, mais sans évoquer ses droits. Trois mots seulement : « Je vous arrête. » Puis une communication radio aux collègues postés à l'extérieur.

Le piège a fonctionné. Et je prends conscience du message véhiculé par les dessins de Teo. Il a remarqué quelque chose dès la préparation des gâteaux. Au fond, qui était mieux placé qu'une cuisinière pour le faire ? À plus forte raison si cette cuisinière me détestait, même si c'était à cause de vieilles querelles. D'histoires ataviques. Mais suffisantes pour émietter des racines de mandragore dans les pâtisseries préparées avec l'aide de mains innocentes.

Lorsque le Mal se cache derrière des visages qui devraient incarner le Bien, où trouver la justice divine ? Il est accablant de penser que même entre ces murs consacrés à la foi, il puisse y avoir autant de haine. Je me sens bizarre et, bien que tout soit fini, je ne suis pas heureuse. La découverte de la vérité ne m'a pas apporté la paix que j'escomptais, mais m'a chargée d'un poids supplémentaire. Ma confiance a été trahie et j'éprouve du remords à l'égard de Lavinia, ma meilleure amie.

Comment ai-je pu douter d'elle ?

Comment ai-je pu ?

Il reste néanmoins à éclaircir un fait : a-t-elle vraiment eu une liaison avec mon frère ? J'aborderai ce sujet avec elle dans les prochains jours, quand tout le monde aura repris ses esprits.

Ettore m'interrompt dans mes pensées.

« G., nous devons aller au commissariat, tu t'en souviens ? »

J'acquiesce lentement.

« D'accord, allons-y.

— Ah, me rappelle-t-il en s'arrêtant au beau milieu du hall. On a aussi reçu les réponses de la police scientifique. Ils n'ont repéré aucune trace de mandragore dans le café de Marco. Ils ont précisé que l'échantillon de café resté au fond de la tasse n'était sans doute pas suffisant. Mais maintenant, cela n'a plus d'importance. »

Pendant que nous traversons le hall et que nous nous dirigeons vers le poste de police, je réfléchis au degré d'absurdité qu'a pu atteindre cette histoire complètement aberrante. La vérité s'est fait jour, mais le prix à payer a été élevé.

Le temps est venu de reconstruire ce qui a été détruit et de guérir les blessures ouvertes par cette affaire. La confiance est un fil ténu, facile à briser et difficile à réparer.

Tout ce que je désire, c'est seulement un peu de paix.

29

Il est étrange de constater avec quelle aisance s'enfuient certains souvenirs négatifs. Ils défilent parfois comme de l'eau coulant entre les doigts ; ils se dispersent alors dans le terrain, en formant de nombreuses flaques monochromes. D'autres fois, en revanche, ces souvenirs sédimentent comme du sable dans le lit d'une rivière et se stratifient jusqu'à former une base dure et impénétrable, tout en laissant poindre de petits fragments acérés. Ils demeurent là, cachés sous la paisible surface de l'oubli quotidien, prêts à resurgir à la faveur d'un détail, d'une odeur, ou encore d'une phrase, avec une précision digne d'une frappe chirurgicale. Et c'est précisément dans ces moments-là que nous prenons conscience que, malgré tout, ces souvenirs font encore partie de nous. Ils persistent en conditionnant notre présent. Même si nous cherchons à les ignorer, à les ensevelir sous des couches de nouveaux souvenirs, ils demeurent en nous, prêts à réaffleurer.

À nous entailler.

À nous blesser.

Ainsi, tandis que le passé réémerge avec une vigueur inquiétante, mon week-end se passe entre hauts et bas. Ettore a pu bénéficier d'une petite semaine de congé. Il est allé passer deux jours dans les thermes de Fiuggi, avec Luciano. Sa hiérarchie s'est vue contrainte d'engager une enquête contre Ettore au titre des blessures infligées à Ambrogio Mariani. « C'est une pure formalité », a ajouté l'avocat. « Nous sommes là en présence d'un usage légitime des armes », lui a même assuré le préfet de police en personne. Cependant, ces arguments n'ont pas amenuisé son inquiétude. Ettore sait qu'il a fait son devoir, mais l'ombre du doute et les arcanes de la bureaucratie lui inspirent un sentiment de menace.

De mon côté, j'ai téléphoné à Lavinia qui m'a semblé distante et fuyante. Peut-être a-t-elle deviné que je la soupçonnais en secret ? J'ai l'espoir que le temps fera son œuvre et que tout reprendra son cours.

Lundi 20 novembre

La lumière grise filtre à travers les rideaux. Je suis réveillée par le froid ambiant. Wazowski, roulé en boule dans un coin du divan, me scrute. Cet excès de silence est étrange ; l'absence d'Ettore rend la maison plus vide. Je me suis habituée à sa présence ces derniers temps.

Je gagne la cuisine où je remplis la cafetière – le bruit de l'eau du robinet est presque hypnotique. Je la pose sur le feu et je prends quelques petits gâteaux dans le buffet : des biscuits au chocolat et un muffin industriel. La cafetière grésille rapidement et l'arôme du café commence à se répandre dans l'air, en me procurant une sensation de réconfort. J'éteins le gaz ; je vais dans ma chambre et

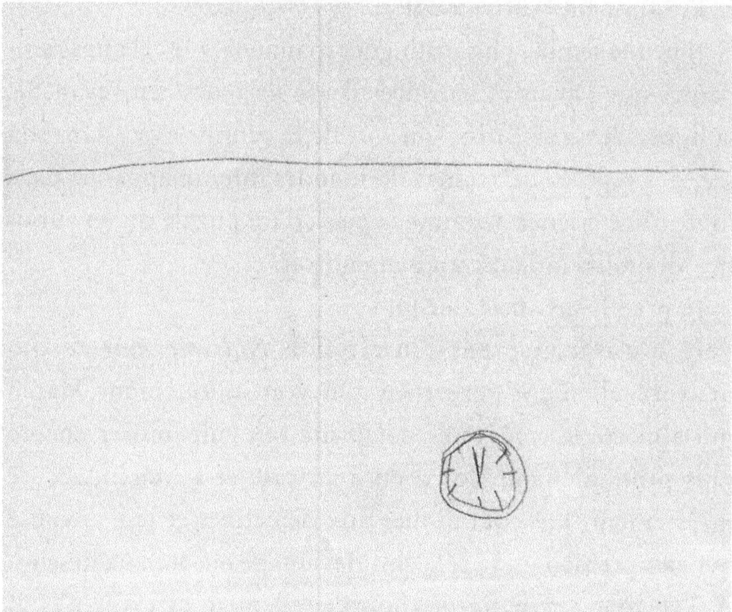

m'approche de la table de nuit. J'ai emporté à la maison tous les dessins de Teo. J'ai décidé de les garder avec moi, pour pouvoir les étudier tranquillement. J'en saisis un et je l'examine attentivement.

Il ne me semble plus distinguer maintenant les plantes rampantes que j'avais remarquées il y a six jours. En revanche, la figure de sœur Luisa, qui sort de la cantine avec, dans son sac, des espèces de racines de mandragore, m'apparaît dans toute son évidence. Comme la pièce d'un puzzle qu'on aurait mis des jours à placer au bon endroit.

Je prends un autre dessin.

Je n'y retrouve pas l'inscription *Noli me tangere* qui m'avait tellement perturbée. On voit uniquement Marco qui apporte le café, et ce détail me fait culpabiliser encore plus profondément. Je repense au café et à Marco, accusé injustement. J'ai voulu jouer aux détectives et je n'ai causé que des problèmes. Je réfléchis davantage encore aux dessins. À Télégone : cette figure qui m'a tellement effrayée n'était visiblement qu'une image que Teo avait mémorisée pendant l'excursion à Tusculum. Sans doute avait-il vu quelques bas-reliefs, un tableau, ou des illustrations montrées par le guide. Il n'y avait rien de paranormal dans tout cela ; c'était juste un enfant qui avait été frappé par un élément nouveau et qui l'avait introduit dans ses dessins les jours suivants. Mon esprit est allé trop loin et a fini par créer des liens inexistants. Il n'y avait là nul message cryptique, nul présage inquiétant : seulement l'inventivité d'un enfant cherchant à s'exprimer.

Je m'assois à ma table, enveloppée dans mon peignoir en polaire, et regarde par la fenêtre. Une fine couche de givre brille dans la lumière du matin. Wazowski saute agilement sur la table et se frotte contre mon bras. Je le caresse tout

en pensant à Ettore et à sa situation, ce qui me rend encore légèrement honteuse. Je me verse du café dans une tasse et le bois d'un trait, en sentant ses bienfaits se répandre en moi. Puis je me lève et je commence à me préparer pour aller travailler. Le sol froid m'incite à me presser. J'enfile un tricot à manches longues, un gros pull, un jean fourré et des chaussettes en laine. L'œil de Wazowski suit mes mouvements et brille dans la grisaille matinale.

Je sors de chez moi. L'avenue est glissante sous la fine patine verglacée, et je dois faire attention à ne pas perdre l'équilibre en marchant. Je monte dans la voiture, mon souffle se condense en de petits nuages blancs. *De quoi sera faite cette semaine ?* Pendant que je roule en direction du Colomba Antonietti, je regarde la ville qui se réveille, lentement, au son des moteurs et des klaxons retentissants. Le paysage change au fur et à mesure que je m'approche de Frascati. Les routes étroites et tortueuses s'étirent parmi les verts coteaux, désormais blanchis par les cristaux de givre. Les vignes dénudées s'étendent à perte de vue, tandis que les arbres dépouillés se découpent sur le ciel gris. Frascati se dote d'un charme tout particulier vers la fin de l'automne, avec ses villas historiques et ses cafés qui commencent à ouvrir, exhalant une chaleur accueillante. Une fois garée devant l'institut, je prends un moment pour admirer le panorama. Les collines ondulées offrent une vue à couper le souffle sur Rome.

* * *

Je suis toujours entrée au Colomba Antonietti avec crainte. Peut-être est-ce dû à l'atmosphère lugubre qu'engendre la présence constante des religieuses, ou au regard pénétrant de la mère supérieure, qui a l'œil sur tout. Mais, aujourd'hui, ce poids m'oppresse moins. On m'a proposé de rester à la maison, mais j'ai refusé catégoriquement. Je deviendrais folle à demeurer sans rien faire. J'ai vécu ici un des drames les plus intenses dont je me souvienne et c'est précisément ici que je dois le surmonter, sans chercher à m'enfuir.

Marco n'est pas là, car il n'a toujours pas été réhabilité et réintégré dans son service. Sœur Luisa manque elle aussi à l'appel pour des raisons évidentes. Je traverse la cour et m'interroge sur elle, qui s'est emmurée dans un silence obstiné dont les racines plongent dans d'anciennes querelles qui ont étendu leurs maléfiques rhizomes jusqu'à nous contaminer toutes les deux.

« Giulia », me dit Caterina en venant vers moi et en me prenant chaleureusement dans ses bras. Derrière elle, sur le seuil de la classe, les enfants sont occupés par sœur Germana qui s'approche à son tour pour m'accueillir et me serre comme elle serrerait une enfant apeurée. « Pardonne-lui », me murmure-t-elle.

Je hoche la tête et déclare :

« Laissez-moi dire bonjour à mes élèves. » J'ai vraiment besoin de reprendre mes marques et ces étreintes m'étouffent.

« Bon travail, mesdames », nous dit sœur Germana en guise de salutation. Elle fait le signe de croix et s'éloigne avec un sourire.

Dans la classe règne le brouhaha des rires et des jeux habituels dans lequel je me laisse glisser. Je m'aperçois tout de suite que Teo manque à l'appel. Caterina a dû remarquer mon désarroi, car elle mime un « Je ne sais pas » en écartant les bras. Une demi-heure plus tard, j'ai l'impression d'avoir repris possession de ma personne. Bien m'en a pris de trouver l'énergie d'aller travailler, car chez moi, toute seule, j'aurais certainement gambergé.

Mon estomac se noue au moment où je distingue une figure en train d'épier par la porte à moitié ouverte. Je reconnais le beau profil de Marco, avec son nez droit et ses lèvres pulpeuses, figées dans une expression dubitative. Il se déplace sur le côté et disparaît, lorsqu'il se rend compte que je l'ai remarqué. Je l'apostrophe par un « Eh ! » et plusieurs enfants se retournent à ce cri. Je souris et caresse la tête de Francesco, près de moi. Puis je fais un signe à Caterina pour la prévenir que je sors une seconde.

« Tout va bien ?

— Oui.

Marco vient de passer la tête dans l'embrasure de la porte.

— Oh ! s'exclame Caterina, allez, va lui parler, tout va rentrer dans l'ordre. »

Le temps que je sorte de la classe, il est déjà au fond du hall. Je l'appelle, mais il fait mine de ne pas m'entendre.

« Marco, attends ! »

Il se tourne vers moi. Ses yeux sont cernés.

« Marco, je…

— Qu'est-ce qu'il y a ? Tu n'as pas peur d'être à proximité d'un assassin ? »

Son visage est dur. Il me faut trouver une réponse qui l'apaisera.

« Je ne vois aucun assassin, lui dis-je du ton le plus doux possible.

— Et pourtant, on m'a emmené comme si j'en étais un, non ? Pourquoi sont-ils venus me chercher ici ?

— Je ne sais pas Marco, moi…

— Moi… Moi… Tu ne le sais pas, personne ne le sait, mais il y a bien eu quelqu'un qui a mis cette merde dans mon tablier, quelqu'un qui a déplacé le sucrier, qui a appelé la police. Et ton copain, qui est arrivé en moins de deux ! »

Je me pince les lèvres. Discuter maintenant n'aboutira à rien.

« Non seulement il a fallu que je me défende de quelque chose que je n'avais pas fait, mais en plus il y a quelqu'un ici qui a essayé de me coincer. Ou ça ne sort que de l'imagination de la police, hein ?

— Quelqu'un m'a droguée.

— Et quelqu'un a eu la bonne idée de m'inculper, juste à cause de quelques avances refusées, c'est ça ? »

Je perçois une douleur indéfinissable. Je ne sais pas ce que lui ont dit les policiers, quels détails ils lui ont rapportés, mais je ressens ces mots comme une accusation à mon encontre. Je me retrouve à la fois victime et bourreau.

« Quand est-ce que tu reprends tes fonctions ? »

À cet instant précis, une voiture pénètre dans l'enceinte de l'institut. Je me penche et, au moment où je reconnais les parents de Teo qui avancent en tenant leur enfant par la main, Marco s'éloigne et me crache un « Va t'faire, Giu » débordant de rancœur. Il croise Teo et ses parents, qui lui disent bonjour d'un signe timide, puis il franchit la porte de sortie et disparaît.

La mère de Teo s'approche et me salue du bout des lèvres.

« Bonjour, excusez-moi, je… j'étais absorbée dans mes pensées.

— Auriez-vous une minute à nous accorder ? » me demande le père en me tendant la main. Il a une voix chaleureuse, et je dirais même un bon regard, si ma perception n'était pas faussée par la terreur que m'inspire cette famille. J'acquiesce et je dis bonjour aussi au petit Teo. Il ébauche un sourire et se fait rapidement conduire dans la classe par sœur Germana.

« Je vous en prie, venez avec moi ; nous pouvons aller dans la salle des enseignants et y discuter tranquillement », leur dis-je.

Nous remontons le couloir et nous nous installons dans la salle. Je n'ai pas le cœur à leur proposer un café. Heureusement, la mère prend la parole sans attendre : « Giulia. » Une lueur dans ses yeux me laisse craindre que quelque chose ne va pas. Je me sens mal à l'aise : j'ai devant moi la mère de Teo et même son père, cette fois, que j'ai catalogué dans ma tête comme un monstre. « Ces jours-ci, comme vous avez dû le remarquer, Teo était absent. Je sais que vous êtes très attentive, et je m'excuse si j'ai pu vous paraître impolie et revêche, j'en suis vraiment désolée. »

J'ignore où elle veut en venir, d'autant qu'elle poursuit : « Je sais que vous avez remarqué des bleus sur le corps de notre fils. (Quand ses yeux croisent ceux de son époux, je prends conscience qu'ils ne font qu'un.) Nous les avons remarqués, nous aussi. C'est pourquoi nous avons procédé à des examens médicaux approfondis. »

Elle déglutit et échange un regard avec son mari. Puis elle m'explique que Teo est atteint d'une maladie dont j'ignore tout. « Les bleus sont une conséquence directe de la PHS[1], mais ce n'est pas le pire, comme vous l'aurez compris. Teo est victime de douleurs articulaires et abdominales, de problèmes aux reins, d'éruptions cutanées et de fièvre. »

Mon cher petit, les monstres de tes dessins naissent donc de la souffrance qui t'accompagne chaque jour ?

Le méchant, gribouillé dans les dessins de Teo, n'est rien d'autre que la maladie qui le tuera, quand il sera grand. Je repense aux mots qu'il m'a dits le deuxième jour de classe.

1. Acronyme du purpura d'Henoch-Schönlein.

« Vous n'avez fait que votre devoir, intervient le père pour la première fois depuis que nous nous sommes réunis dans cette pièce. Et nous vous en remercions. Mais ce n'est pas du tout incurable. Grâce aux corticostéroïdes, il est possible de réduire l'inflammation et de garder la maladie sous contrôle. » Son ton est plein d'espoir.

« Teo voulait vous donner ceci », poursuit-il, et il me tend une feuille de papier, un peu embarrassé.

Teo s'est représenté dans son lit d'hôpital, mais un sourire radieux illumine son visage. Buddy vole au-dessus de lui, avec l'expression de fierté d'un vainqueur. Au pied du lit, il y a ses parents qui le regardent tendrement. La présence gribouillée, qui représentait autrefois la maladie, a disparu. Tout le monde est heureux.

Je suis soulagée. La guérison est envisageable.

Et je suis sûre que Buddy et Teo gagneront.

Quelques minutes plus tard, nous regagnons le hall. C'est l'heure de la récréation. Je m'approche alors de Teo : « Et si on allait jouer avec les autres ? »

* * *

La matinée s'étire lentement jusqu'au déjeuner. Les enfants sont attablés lorsque Lavinia arrive à la cantine. Elle a les traits tirés. Je passe à chaque table avec un chariot pour distribuer les assiettes avec l'aide de sœur Germana et d'une religieuse plus jeune qui vient d'intégrer l'institution. Ces jours-ci, chacun de nous est appelé à effectuer des tâches qui ne lui reviennent pas habituellement ; je me sens responsable de cette situation et j'ai l'impression que tous les yeux sont constamment braqués sur moi, sans parler des chuchotements et des ragots qui circulent à mon endroit.

« Tu as su ? » demande Caterina à Lavinia lorsque mon *amie* s'approche.

Cette dernière lui fait signe que non et pose sur elle un regard irrité. « Su quoi ? »

Caterina me désigne de la main et Lavinia me regarde pour la première fois depuis qu'elle est entrée. « Giulia a discuté avec les parents de Teo...

— Et... ?

— Tu te souviens de l'histoire des bleus ? dis-je. Eh bien, ce n'est pas un cas de violence. Teo est atteint d'une maladie et...

— Oh là là, mais on dirait que tu parles de ton fils, maugrée Lavinia en écartant les bras.

— Lavi, mais...

— Si seulement tu te préoccupais des autres comme tu te préoccupes de cet enfant.

— Mais qu'est-ce que tu dis ?

— Rien de plus que ce que je viens de dire, chère miss G. (Elle incline la tête et fait mine de partir.) Depuis toutes ces années, jamais je ne t'ai vue te préoccuper autant d'une amie... Moi, par exemple.

— Lavinia, attends, je... »

Je suis prête à lui emboîter le pas, mais Caterina me retient en posant sa main sur mon bras.

« Qu'est-ce que j'ai dit de mal ?

— Elle est nerveuse, répond Caterina, je ne sais pas ce qu'elle a. Attends qu'elle se calme, Giu. »

J'opine du chef et je vois Lavinia sortir et longer le hall. Je m'approche de sœur Germana et je l'aide à porter les plateaux. Je jette un coup d'œil à Teo. Il a déjà son repas devant lui, mais il le fixe sans manger.

Si seulement tu te préoccupais des autres comme tu te préoccupes de cet enfant.

Quel mal y a-t-il à se préoccuper d'un enfant comme Teo ?

Si seulement tu te préoccupais des autres...

N'ai-je pas été une bonne amie ?

Qu'est-ce qu'elle voulait dire ?

Peut-être me reprochait-elle par là d'avoir douté d'elle ?

Je m'approche de Teo et lui demande « Eh bien, tu n'as pas faim ? », mais ma voix tremble.

Cinq minutes plus tard, lorsque Lavinia revient, elle ne m'accorde pas le moindre regard.

* * *

Câliner Wazowski ne suffira pas pour faire *tabula rasa*. Trop de soucis, trop de problèmes, trop d'événements que je ressens comme injustes. Y compris la tragédie de Daniele.

Noli me tangere.

Incroyable ; aujourd'hui seulement, en m'attardant sur une lithographie, j'ai remarqué que cette inscription a une origine religieuse. Qui sait combien de fois j'ai dû la lire de façon distraite, tout en l'assimilant dans un coin de mon cerveau.

Noli me tangere.

Mais Jésus et Marie-Madeleine n'ont pas grand-chose à voir avec l'histoire qui me concerne. C'est là ma seule certitude.

J'ai demandé à Alexa de mettre un peu de musique. Les mélodies de Tricarico[1] résonnent dans la pièce et m'aident à faire le point. Je dois me faire pardonner d'avoir douté de Lavinia.

Je m'habille en vitesse, puis caresse la tête de Wazowski. Je rassemble mon sac et les clés de la voiture et je sors de la maison, bien décidée à clore cette douloureuse parenthèse.

J'arrive chez elle dix minutes plus tard et me gare sans encombre. Je sonne à l'interphone. Elle semble surprise de me savoir là, mais ouvre sans hésiter. Je passe le portail et la salue en lui demandant : « C'est trop tard pour un café ? »

Lavinia me fait signe d'entrer et grommelle des mots inaudibles.

Si seulement tu te préoccupais des autres...

« Ça va mieux, ta migraine ? » Je sais que cette entrée en matière peut déclencher une discussion interminable, mais je suis fatiguée de subir passivement tous les événements. S'il y a vraiment quelque chose, je tiens à le savoir maintenant.

« Oui, mieux, me répond-elle, émettant le premier mot identifiable depuis mon arrivée.

— Je me préoccupe de toi, tu vois ?!

---

1. Francesco Tricarico, auteur-compositeur-interprète, né à Milan en 1971. Lancé par sa chanson « Io sono Francesco » (« Moi, je suis Francesco »).

— Bravo ! C'est une chouette sensation, non ?

— On peut savoir ce qui te prend ?

— Je vais très bien ; ma meilleure amie se préoccupe de moi, qu'est-ce que je pourrais désirer de plus ?

— Eh, si tu veux jouer à celle qui est le plus sur les nerfs aujourd'hui, t'es pas sûre de gagner, je te préviens ! »

D'une main, Lavinia m'envoie balader, puis elle va dans la cuisine où la machine à café a émis le sifflement signalant qu'elle est à la bonne température.

Lavinia ne m'a pas encore invitée à m'asseoir, mais énervée comme je le suis, je n'arriverai pas à rester dans un fauteuil. Mes yeux errent dans son salon jusqu'à ce qu'ils tombent sur ce drôle de pantin que j'avais remarqué quelques jours plus tôt et qui m'avait rappelé le Buddy de Teo. Je souris à l'idée que ce dragon aurait bien fait de me protéger aussi, vu les événements qui se sont produits ces derniers temps.

Puis mon cerveau m'envoie un signal que je saisis avec quelques secondes de retard. Ce que je prenais pour des tubercules, dans le récipient en verre, ce sont bel et bien des racines de mandragore. Et puis, ce pot… je l'ai déjà vu quelque part.

Mince, me dis-je.

J'entends un bruit dans la cuisine et me retrouve, instinctivement, avec mon portable à la main. Je prends la photo du pot contenant les racines de mandragore, j'ouvre WhatsApp et je cherche ma conversation avec Ettore.

« Qu'est-ce que tu es en train de faire ? »

Lavinia s'est immobilisée sur le pas de la porte ; elle tient un plateau avec deux tasses et un sucrier. Un sucrier qui est le même que celui qui apparaît près de Buddy. Le même que celui que j'ai vu il y a quelques jours dans une vidéo. Celle où Marco cherchait le sucre.

« Pour la deuxième fois, qu'est-ce que tu es en train de faire ? »

La voix de Lavinia n'est plus qu'une note stridente.

« Peut-être que je ne me préoccupe pas assez de toi, contrairement à toi qui prends soin de moi d'une façon bien spéciale, n'est-ce pas ? » dis-je en m'approchant d'elle, alors qu'elle n'a pas bougé d'un iota. Puis, d'un geste que j'espère désinvolte, j'envoie la photo à Ettore. « Si tu n'avais pas mal à la tête, tu te souviendrais peut-être que ce pot est le même que celui que Marco a utilisé pour sucrer mon café, n'est-ce pas ? »

Ses lèvres se mettent à trembler ; on dirait qu'elle s'apprête à lâcher quelque chose, mais elle s'en abstient. Puis c'est le plateau qui commence à trembler, avec un bruit crispant de petites cuillères qui s'entrechoquent. Mon portable vibre. Je le pose sur le côté, sans répondre, sur le dos du fauteuil. Nous pouvons voir toutes les deux que c'est Ettore qui a appelé.

« Toi, tu es quelqu'un d'attentionné, pas vrai, Lavi ? »

Le plateau tombe brusquement par terre et les tasses se brisent. Il y a du café partout et des morceaux de céramique sur le sol. Entre nos pieds. Partout.

« Et toi, tu es une conne sacrément égoïste. »

Les yeux de mon amie me lancent des flammes. Je recule d'un pas. Puis je parviens à inspirer et je sens un déclic : je retrouve le mordant de la minute précédente. Un mordant mâtiné de rage et de douleur. Parce que, maintenant, j'ai une autre certitude, inexplicable, mais nette : c'est elle qui a essayé de me tuer.

Je ne sais pas pourquoi, mais c'est elle.

Je repars à l'attaque. « Certes, la *conne* ne t'a pas demandé comment c'était de baiser avec mon frère, n'est-ce pas ?

— Fais attention à ce que tu dis… »

Elle vient vers moi, mais je ne la laisse pas en placer une.

« Ou peut-être que quelqu'un, ou *quelqu'une*, aurait dû me dire qu'il y avait quelque chose à savoir ?

— Ou peut-être que quelqu'une pourrait regarder un peu plus loin que le bout de son nez », rétorque-t-elle en haussant la voix. Une voix que je ne lui connais pas.

Lavinia me saute dessus. J'ai le réflexe de faire un bond en arrière pour esquiver ses mains qui se tendent vers mon visage. Je trébuche sur quelque chose de dur et je tombe. La douleur au dos me transperce telle une lame et m'explose jusque dans la tête, comme une aiguille perforant mon cerveau. Je pousse un cri ; je roule sur le côté, me cogne la jambe et mon tibia droit me fait terriblement mal aussi. En l'espace d'un millième de seconde, Lavinia est sur moi ; elle essaie de m'attraper les cheveux et me griffe le visage. Je sens une brûlure rouge sur ma joue.

« Et de mon fils ? s'écrie-t-elle d'une voix rauque.

— Mais qu'est-ce que… » Lavinia me lacère la peau près du nez avec ses ongles.

« Et de notre fils, tu t'en es préoccupée ? »

Ces mots m'écorchent le cerveau.

Mon fils ? Notre fils ?

Je l'empoigne par les épaules, parvenant ainsi à avoir une prise sur elle. Puis je la pousse en arrière.

« Eh, tu ne dis rien ? poursuit-elle, en essayant de me frapper encore une fois. Tu aurais dû avoir toi aussi un accident, droguée comme tu l'étais. Pas Daniele. C'est toi qui devais mourir. Seulement toi ! » Elle cherche de nouveau à m'atteindre, mais je réussis à éviter chacun des coups.

« Tu sais quelles putains d'analyses j'ai dû me taper ? (C'est une harpie. Elle hurle, son visage est celui d'une possédée.)

Des putains d'analyses pour m'entendre dire que, peut-être, je ne pourrais jamais plus avoir d'enfants ! »

C'est une furie.

« Mon fils ! »

Je me cambre, tout en lançant des coups de pied, et Lavinia tombe sur le dos, près du fauteuil.

Je parviens à me dégager. « Tu délires complètement ! » C'est moi qui hurle, maintenant.

Tandis qu'elle revient à l'assaut, je revois mentalement une image précise. Elle et Daniele, une intimité qu'ils ont gardée secrète. Une intimité que peut-être…

Mon fils. Notre fils.

« Aaaaah », s'égosille-t-elle en me sautant de nouveau à la gorge, avec une force surhumaine.

Si seulement tu te préoccupais des autres comme tu te préoccupes de cet enfant.

Des autres, de son fils, du fils de Daniele.

De mon neveu.

C'est un choc. Sa rage la propulse contre moi. « Je pourrai plus avoir d'enfants, putain ! Tu l'as compris, ça ? Après cet avortement, je pourrai plus avoir d'enfants. Et c'est de ta faute si j'ai avorté. De ta faute, toi qui as tué Daniele ! »

Je ressens une douleur terrifiante dans les doigts lorsque mon poing lui éclate le nez. Le jet de sang chaud m'éclabousse au visage et je ferme les yeux au moment où Lavinia crie et tombe en arrière. À présent, c'est elle qui lance des coups de pied. Elle me frappe du talon et elle est sur le point de se remettre debout ; elle est monstrueuse, elle n'est plus qu'un masque de haine. Et de douleur.

Couverte de sang.

Maintenant, ça suffit !

Ce n'est pas ma faute si Daniele est mort.

Ce n'est pas ma faute si elle a perdu un enfant dont j'ignorais même l'existence.

Ce n'est pas ma faute.

Moi, je ne savais rien.

Rien de rien.

Elle, elle ne me l'a pas dit.

Elle…

Je me lève et lui décoche un nouveau coup de poing.

… a essayé…

Pendant qu'elle s'affaisse en arrière, je lui en assène un autre.

… de me tuer.

Elle tombe, en se cognant la tête.

Puis elle bredouille quelque chose, et elle ne bouge plus.

En cessant de crier.

De m'agresser.

De…

J'entends un bruit terrible.

Maintenant, c'est moi qui crie. Puis je comprends que ce bruit provient de la porte.

« Giulia ! »

C'est la voix d'Ettore.

Je souris, sous l'effet cuisant des griffures et des coups sur mon visage. Je ne sais même pas pourquoi je souris.

Puis un voile noir tombe, et je sens que je m'évanouis.

Épilogue

L'INFIRMIER EST CHARMANT et je crois qu'il ne déplaît pas non plus à Ettore, vu la façon dont il le regarde. Je me mords les lèvres sous la sensation de brûlure, mais la douleur est aussitôt allégée par le sourire de celui qui est en train de me soigner.

« Ça brûle un peu, je le sais », me dit Fabio.

Je penche la tête sur le côté avec une légère grimace et je minimise. « Tu as un toucher très délicat ; ce n'est rien, vraiment. »

Il a des gants en latex, mais je crois deviner qu'il n'a aucune bague.

Et cet idiot d'Ettore, placé dans son dos, doit avoir remarqué mon regard, car il porte une main à son visage et m'indique le doigt, en mimant un « *Free*[1] », les yeux écarquillés.

Quel sot, me dis-je.

Puis je m'oblige à fermer les yeux pour évacuer un peu la tension.

---

1. « Libre ».

Dix minutes plus tard, une fois ses soins achevés, Fabio me salue d'un chaleureux sourire et me promet de revenir vite pour retrouver sa « plus jolie patiente ».

« Un peu cucul la praline, murmure Ettore, mais qu'est-ce qu'il est mignon, hein ? »

Je réplique en éclatant de rire.

« Oh, toi et ton esprit mal tourné !

— Vu la façon dont tu l'as dévisagé, je crois que je ne suis pas le seul à avoir eu un coup de cœur, ma chère miss G.

— Ne me mets pas de drôles d'idées en tête... Ce n'est pas le moment.

— Oh, ne viens pas me jouer les miss G. au pessimisme cosmique, hein ? C'est toujours le moment pour les bons moments, tu sais bien comment je vois les choses.

— Ettore, tu as vu dans quel état je suis...

— Mais tu ne sais pas que même comme ça, tu es un amour ? plaisante-t-il. Et puis, il n'a pas dit que tu étais sa plus jolie patiente ? »

Je ris de nouveau, même si chaque mouvement me fait mal quelque part : au visage, tout griffé ; au dos, où je me suis cognée ; et surtout, à la jambe droite parce que, en tombant, j'ai dû heurter quelque chose qui m'a laissé une douloureuse contusion au tibia. Mais cela aurait pu être pire, si l'on considère qu'en ces trois jours on a tenté deux fois de me tuer.

« Il le dit à tout le monde, j'en suis sûre. Tu as vu la vieille agonisante qui était dans le lit dans le couloir, de l'autre côté, à l'entrée des urgences ?

— Et alors ?

— Même à elle, il a dû le dire... *Tu es la patiente la plus jolie de toute la morgue !* je conclus, en imitant maladroitement une voix grave d'homme.

— Je vois que tu retrouves ton humour noir, c'est bon signe ! »

Un instant plus tard, je suis envahie par une vague de tristesse. Ettore me prend dans ses bras : « Allez, petite, ne pleure pas. »

Puis, peu à peu, je me ressaisis et m'aperçois que, pour me séparer de Lavinia, également hospitalisée ici, deux policiers montent la garde au seuil de ma chambre. « Elle est en état d'arrestation », m'explique Ettore. « On m'a dit qu'Ambrogio Mariani avait été inscrit au registre des poursuites pénales pour homicide involontaire et violation de domicile. Mes collègues, ici présents, pourront prendre tes premières dépositions. Tu t'en sens capable ? »

J'acquiesce. « Oui, finissons-en, il est temps de tourner la page. »

Ettore fait signe aux deux policiers de s'approcher. Le premier est un homme mûr, avec une barbe poivre et sel. L'autre paraît un peu plus jeune que nous, il débute, cela se sent. Ils me disent bonjour très poliment.

C'est le doyen qui mène la conversation. Je raconte et suis à peine interrompue par leurs questions. Ils m'annoncent que le laboratoire a fait une seconde batterie d'analyses sur la base des avancées de l'enquête. La présence de drogue a bien été confirmée. Même ce jour-là, Lavinia avait continué à perpétrer sa vengeance.

Vengeance.

Ce mot résonne dans ma tête.

Comme si j'étais vraiment responsable de la mort de mon frère et de la perte de son enfant, due au choc émotionnel.

« Vous avez été très courageuse », déclare le policier à la barbe grisonnante.

Au bout du compte, si cette fichue statuette n'était pas restée chez moi, tout aurait été différent. Télégone a été fidèle à sa réputation de lanceur de sorts. Et cette statuette a changé notre destin – d'une manière tellement tragique que c'en est effrayant.

Cette nuit-là, je reste en observation aux urgences. J'espère recroiser le beau Fabio avant mon départ. Je tombe dans un sommeil lourd, le premier depuis longtemps.

Le réveil est très matinal. Une infirmière glaciale, et pas des plus polies, est passée pour les premiers examens. Peu avant 8 heures, on me transfère dans un autre service, sans me donner d'explications. Je ne suis plus aux urgences. J'envoie un message à Ettore et je relâche un peu la pression en naviguant sur TikTok. Ici, le temps s'égrène avec une effroyable lenteur.

Un « Eh, *buongiorno* ! » résonne dans ma chambre.

Caterina passe la tête dans l'embrasure de la porte. Son sourire et ses cheveux colorés apportent chaleur et douceur à la chambre austère.

« Cate ! » m'exclamé-je, et le robinet des larmes se rouvre brusquement.

Elle me prend dans ses bras pour me réconforter, puis lorsqu'elle sent que je suis calmée, elle saisit une chaise et s'assoit près du lit. Elle croise les mains sur ses genoux et me regarde avec douceur.

« Aujourd'hui, pas d'école, hein ? dis-je en essayant de plaisanter.

— Nous pouvons le tolérer. » Mais ce n'est pas Caterina qui a répondu.

Je me retourne et je vois sœur Germana qui s'approche de mon lit, tout agitée. « Ma chère, on s'occupe des enfants. Toi, occupe-toi juste de te remettre sur pied. Quelques jours de repos, croasse la vieille en jouant les austères, et puis, retour au poste !

— Je ne demande que ça, et je serai à l'heure ! »

Elles sourient, puis la mère supérieure ajoute : « Nous prions toutes pour toi. Dieu est à tes côtés et prendra soin de ton âme. »

Je la remercie et nous nous entretenons encore quelques minutes, sans jamais évoquer Lavinia. Je ne demande aucune nouvelle de Marco : c'est une affaire privée à régler entre nous. J'espère que je pourrai renouer un tant soit peu avec lui. Sœur Germana me tend une feuille pliée. « C'est pour toi », dit-elle avec un grand sourire.

J'en reconnais aussitôt le style. Je nous vois, Teo, Buddy et moi, l'air heureux, en train de nous tenir par la main. Une sensation de chaleur se répand en moi et dénoue les tensions accumulées ces derniers jours.

Une fois seule, je sens un voile de fatigue se déployer sur moi. J'adresse un message à Ettore auquel il répond par une vidéo où Luciano et lui me saluent et m'envoient mille baisers. Mon ami affiche un air serein, ce qui me met en joie.

Moi aussi, je trouverai mon équilibre.

Avant toute chose, je dois couper tout lien avec la tragédie de Daniele. Libérer mon âme d'un fardeau trop lourd, comme dirait la grande vieille. Au fond, c'est une femme pleine de sagesse.

* * *

Écrire un message à Luisa n'a pas été une tâche aisée, particulièrement en trouver les premiers mots. Des décennies de diatribes familiales suffisent il me semble. Je suis fermement résolue à passer à autre chose. Avec elle aussi.

« Cela me fait plaisir que tu aies accepté », lui dis-je. Le rendez-vous a lieu dans un bar près de chez moi. Un endroit tranquille et discret. Nous commandons un café et un petit gâteau.

« Je suis désolée pour tout ce que… eh bien, tout ce que tu as subi. »

Elle semble sincère, mais je suis sur mes gardes. La Luisa que je connais a plus de cran.

« C'est moi qui suis désolée, parce que… » Je me tais, je ne sais pas quoi dire. Je réfléchis un instant. « Voilà, à cause de mes problèmes, tu t'es retrouvée ennuyée aussi. Mais ce n'était pas voulu. »

Luisa ne porte pas son habit religieux et je la revois telle que je l'ai toujours vue. J'observe son nez aquilin, puis je me perds un moment dans ses yeux bleus, si diaboliquement semblables à ceux de Lavinia.

« Cela devait arriver, tôt ou tard, ne t'en fais pas pour ça.

— Oui, mais…

— Tu crois dans les signes divins ? me demande-t-elle, me coupant la parole.

— Non. Probablement que non.

— Moi, j'ai grandi dans la quête du Seigneur. Et je pensais que c'était là ma voie. Puis quelque chose a changé, et, aujourd'hui, je sais que je peux l'aimer d'une autre manière. »

J'opine du chef. Ettore m'a expliqué les coulisses de cette histoire. Luisa ignorait tout de la conversation avec Lavinia, mais quelques semaines plus tôt, elle avait instauré une sorte de relation épistolaire avec Marco. Exactement comme nous le faisions quand nous étions adolescentes, avec une simplicité qui cachait une profonde intimité. Ainsi avait-elle commencé à glisser des lettres d'amour dans le petit placard de Marco. Elle soupçonnait que, pour lui, ce n'était guère plus qu'un jeu, mais pour elle c'était important. Pour Luisa, c'était le début d'un cheminement personnel. Une réminiscence, un retour aux origines. Pour enlever ce voile qu'elle ne sentait plus le devoir de porter. Elle était en train de laisser une énième lettre à Marco quand le piège destiné à Lavinia s'est refermé sur elle.

Luisa n'y fait aucunement allusion, mais je lis dans son regard qu'elle a recouvré sa sérénité. Peut-être que nous en parlerons un jour. Mais c'est encore trop tôt pour elle. Elle est en train de se retrouver elle-même. Et c'est déjà un grand pas en avant.

« C'est une période de changement pour tout le monde, lui dis-je. Pour le meilleur, j'espère.

— Je l'espère aussi », réplique-t-elle à voix basse.

J'ébauche un sourire et je me penche. Je prends dans mon sac un vieux dossier tout usé et je le pose au milieu de la table. « Après être sortie de l'hôpital, j'ai décidé de faire le point sur beaucoup de choses, pour repartir du bon pied. »

Elle opine du chef.

« Je suis allée chez Daniele, pour… eh bien, pour faire la paix avec le passé, je présume, et pour régler un certain nombre d'affaires. » J'élude l'inscription que j'ai trouvée en bas d'un tableau, dans sa chambre : *Noli me tangere*. Un détail que j'avais dû remarquer sans y prendre garde et qui, ces dernières semaines, a inconsciemment colonisé mes neurones, comme une ombre maléfique. Mais je lui parle cependant de la cave de la famille. « Pleine de rats et de moisissures. Mais aussi de trésors de famille oubliés et… de surprises », je conclus en tapant du plat de la main sur les documents que je lui ai mis sous le nez.

« J'ai appris une chose : c'est nous qui enveloppons les situations d'une aura positive ou négative. Surtout quand elles ne nous concernent pas directement, mais que nous nous laissons influencer par elles.

— Tu penses à Giovanni et à Gilda ? »

Je fais un signe d'assentiment.

« Je parle d'eux. Et de nous.

— Et là-dedans ?

— Là-dedans, il y a toute leur correspondance. Leur histoire. »

Les traits de Luisa s'adoucissent et elle semble enfin se détendre. « Elle contient quelque chose d'important ?

— J'aurais voulu qu'on le découvre ensemble.

— Tu ne l'as pas lue ?

— Non. Tu as un peu de temps ? »

Elle sourit en effleurant de sa main les pages jaunies.

« Crois-tu qu'ils s'aimaient vraiment ?

— Je l'espère pour eux, mais…

— … C'est ça, notre nouveau début, conclut-elle.

— C'est bien mon avis aussi. »

Je tends également ma main vers ces feuillets et mes doigts frôlent ceux de Luisa.

« Ces terrains, après tout, sont encore là et…

— … et toi, maintenant, tu es un peu plus libre ! » Cette fois, c'est moi qui achève sa phrase.

« Ensemble ? » suggère-t-elle.

J'acquiesce, avec le sourire le plus spontané qui se soit dessiné sur mes lèvres depuis des jours. Et je lui confirme :

« Ensemble. »

Luisa déplace sa chaise pour s'installer à côté de moi. Nous ouvrons le dossier.

Il recèle une histoire.

Qui est aussi la nôtre.

PARUS DANS
LA BÊTE NOIRE

NOÉMIE ADENIS
Le Loup des ardents (Grand Prix des Enquêteurs 2021)
Le Jardin des anatomistes

DANIELLE ARCENEAUX
Glory B. enquête
Frayeur en Louisiane

KATERINA AUTET
La Chute de la maison Whyte (Grand Prix des Enquêteurs 2020, Prix littéraire de la Renaissance française 2020)
Les Deux Morts de Charity Quinn

CÉDRIC BANNEL
Baad (Prix du Meilleur Polar des lecteurs de *Points* 2017)
Kaboul Express
L'Espion français

PATRICK BAUDOT
Alias Cristal 18. Trente-quatre ans au 36, quai des Orfèvres – Les Ondes

JACQUES-OLIVIER BOSCO
Brutale
Coupable

RHYS BOWEN
Son Espionne royale
Tome 1, *Son Espionne royale mène l'enquête*
Tome 2, *Son Espionne royale et le mystère bavarois*
Tome 3, *Son Espionne royale et la partie de chasse*
Tome 4, *Son Espionne royale et la fiancée de Transylvanie*
Tome 5, *Son Espionne royale et le collier de la reine*
Tome 6, *Son Espionne royale et les douze crimes de Noël*
Tome 7, *Son Espionne royale et l'héritier australien*
Tome 8, *Son Espionne royale et la reine des cœurs*
Tome 9, *Son Espionne royale et les conspirations du palais*

Tome 10, *Son Espionne royale et le baron irlandais*
Tome 11, *Son Espionne royale au service de Sa Majesté*
Tome 12, *Son Espionne royale. Quatre enterrements et peut-être un mariage*
Tome 13, *Son Espionne royale. Amour et mort parmi les léopards*
Tome 14, *Son Espionne royale vole au secours de Belinda*

FRANCK CALDERON, HERVÉ DE MORAS
Là où rien ne meurt

JULIA CHAPMAN
Les détectives du Yorkshire
Tome 1, *Rendez-vous avec le crime*
Tome 2, *Rendez-vous avec le mal*
Tome 3, *Rendez-vous avec le mystère*
Tome 4, *Rendez-vous avec le poison*
Tome 5, *Rendez-vous avec le danger*
Tome 6, *Rendez-vous avec la ruse*
Tome 7, *Rendez-vous avec la menace*
Tome 8, *Rendez-vous avec le Diable*
Tome 9, *Rendez-vous avec la justice*
Tome 10, *Rendez-vous avec le destin*

JEAN-CHARLES CHAPUZET
Bandit

KAREN CLEVELAND
Toute la vérité

DANIEL COLE
Ragdoll
Tome 1, *Ragdoll* (Prix Griffe noire du polar de l'année 2017)
Tome 2, *L'Appât* (Prix Bête noire des libraires 2018)
Tome 3, *Les Loups*
Pietà
Jackdaw

COLLECTIF, sous la direction de LISETTE LOMBÉ, ELVIRA MASSON, FABRICE ROSE et DELPHINE DE VIGAN
Histoires de femmes – Les Ondes

TASHA CORYELL
Lettres d'amour à un tueur en série

SANDRONE DAZIERI
Tu tueras le Père
Tu tueras l'Ange
Tu tueras le Roi
La Danse du gorille
Le Mal que font les hommes
Le Fils du magicien

LARA DEARMAN
La Griffe du diable
L'Île au ciel noir

ALAIN DECKER
Jours de ténèbres (Grand Prix des Enquêteurs 2023)

INGRID DESJOURS
Les Fauves
La Prunelle de ses yeux

CLAIRE FAVAN
Serre-moi fort (Prix Griffe noire du meilleur polar français 2016)
Dompteur d'anges
Inexorable

CARYL FÉREY
Magali – Les Ondes

REBECCA FLEET
L'Échange
La Seconde Épouse

DOMINIQUE FORMA
Coups de vieux

OLIVIER GALLIEN
Dans la neige ardente (Prix Bête noire des libraires 2022)
Sève

AMY GENTRY
Les Filles des autres
De si bonnes amies

MARIA GRUND
La Fille-renard
Le diable danse encore

LAURENT GUILLAUME
Tome 1, *Les Dames de guerre. Saïgon* (Prix Bête noire des libraires 2024)

PATRICE GUIRAO
Le Bûcher de Moorea
Les Disparus de Pukatapu
Rivage obscur

L. S. HILTON
Maestra
Domina
Ultima

INGAR JOHNSRUD
Les Adeptes
Les Survivants

ELIZABETH KEY
Sept mensonges

QUNTOS KUNQUEST
Cette vie-là – Les Ondes

MATHIEU LECERF
La Trilogie du démon
La Part du démon (Prix Bête noire des libraires 2021, Prix Nouvelles Voix du polar 2022, roman français)
Au royaume des cris
La Mort dans l'âme

SARA LÖVESTAM
Chacun sa vérité (Grand Prix de littérature policière 2017, domaine étranger, Prix Nouvelles Voix du polar 2018, roman étranger)
Ça ne coûte rien de demander
Libre comme l'air
Là où se trouve le cœur

VALERIO MARRA
Maîtresse

FABIO MITCHELLI
Une forêt obscure
Le Tueur au miroir
Le Loup dans la bergerie (Prix Méditerranée Polar 2021)

NADINE MONFILS
Les folles enquêtes de Magritte et Georgette
Nom d'une pipe !
À Knokke-le-Zoute !
Les Fantômes de Bruges
Liège en eaux troubles
Leffe-toi et marche
Charleroi du crime
À Montmartre
Pataquès à Cadaquès

NICOLE NEUBAUER
Sous son toit

VINCENT ORTIS
Pour seul refuge (Grand Prix des Enquêteurs 2019)
Patiente

GIN PHILLIPS
Le Zoo (Prix Transfuge du meilleur polar étranger 2017)

ANTOINE RENAND
Tome 1, *L'Empathie* (Prix des lecteurs Gouttes de Sang d'Encre 2019, Prix Nouvelles Voix du polar 2020, roman français)
Fermer les yeux

S'adapter ou mourir
Tome 2, *L'Empathie*

FABRICE ROSE
Tel père, telle fille (Prix Bête noire des libraires 2020)
Le Plan
Pourchassés

RYDAHL & KAZINSKI
La Mort d'une sirène

ROMAIN SLOCOMBE
La Trilogie des collabos
L'Affaire Léon Sadorski (Prix Libr'à Nous 2017, catégorie polar)
L'Étoile jaune de l'inspecteur Sadorski
Sadorski et l'Ange du péché
La Trilogie de la guerre civile
La Gestapo Sadorski
L'inspecteur Sadorski libère Paris
J'étais le collabo Sadorski
La Trilogie des damnés
Sadorski chez le docteur Satan
Les Revenants de l'inspecteur Sadorski

THIBAUT SOLANO
Les Noyés du Clain
Les Dévorés

DOMINIQUE SYLVAIN
Panique en Armorique
Périlleuses Pyrénées
Le Vin des sorcières

CLÉMENTINE THIEBAULT
En votre intime conviction – Les Ondes
Voyeur ! Enquête sur un phénomène de société – Les Ondes

DATO TOURACHVILI
Génération denim – Les Ondes

DANIELLE TRUSSONI
Le Maître des énigmes
La Boîte du Dragon

ILARIA TUTI
Sur le toit de l'enfer (Prix Bête noire des libraires 2019, Prix Nouvelles Voix du polar 2020, roman étranger)
La Nymphe endormie
À la lumière de la nuit
Fille de cendre
Le Bal des vautours

HARRIET TYCE
Blood Orange
Tu mens comme tu respires

MADDALENA VAGLIO TANET
Silvia et les ombres

YANA VAGNER
Le Tunnel

DAMIEN ET SIBYLLE VÉRON
Tiphaine où es-tu ? – Les Ondes

ADRIENNE WEICK
La Septième Diabolique (Grand Prix des Enquêteurs 2022)

ANNETTE WIENERS
Cœur de lapin